# DEUX SECONDES EN MOINS

Marie Colot
Nancy Guilbert

*À N. et T., partis trop tôt.*
*Vous m'avez donné la force pour écrire.*
*Pour A., A., C. et C. dont le chagrin m'a tellement touchée.*
*Pour tous ceux qui continuent courageusement la route sans eux.*
N. G.

*À mon grand et bel ami Grégoire.*
M. C.

*Et merci à Günes, sans laquelle ce merveilleux moment d'écriture à quatre mains n'aurait peut-être pas eu lieu.*
*Merci à Loïs, Ben, Aurélie et Céline pour leurs retours précieux.*
*Merci à Mélanie pour ses conseils et sa relecture attentive.*
Marie & Nancy

**Facebook.com/M.les.romans**


5, allée de la 2e D.B. – CS 81529 – 75726 Paris 15 Cedex

Loi n° 49-956 du 16-07-1949 sur les publications destinées à la jeunesse.

Dépôt légal : février 2018

ISBN : 978-2-210-96524-9

# Igor

IL NE ME REGARDE PAS. Il n'ose plus. Parce que c'est de sa faute. Des côtes, ça se répare. Un visage, jamais. La psy avait dit que ma rancune diminuerait avec le temps, qu'elle irait se loger dans un coin de moi où je ne l'entendrais plus. Malgré le beau diplôme encadré dans son bureau, elle s'est trompée. Je ne parviens pas à pardonner. Chaque fois que j'évite un miroir, chaque fois que je croise un regard un peu trop insistant, chaque fois que les autres, sans le faire exprès, me rappellent que je ne suis plus qu'à moitié moi, je lui en veux.

La plupart des gens essaient de ne pas vraiment me regarder, de ne pas me fixer, de cacher leur mouvement de recul derrière un sourire quand ils découvrent mon « mauvais profil ». Ils n'y arrivent pas. Mes cicatrices les intriguent, mes déformations les attirent. « Le pauvre ! Qu'est-ce qu'il s'est passé pour qu'il soit dans un état pareil ? À moins que ça soit de naissance ? » Ils m'analysent sous toutes les coutures, car ils n'osent rien me demander. Ils ne veulent sans doute pas me blesser et se perdent en bonnes intentions inutiles, jusqu'à ce qu'un détail les trahisse. Faire semblant, ça ne m'aide pas. À chaque seconde, j'ai mal. Au propre et au figuré. Et quand il m'arrive encore de sourire – j'ai perdu pas mal de choses ces derniers mois, mais il me reste un peu d'humour –, ça me lance dans la joue droite. « Plus que » trois séances et ça ira mieux. Ces quelques mots, moi aussi, je fais semblant d'y croire.

Quand il a pu venir jusqu'à ma chambre, à l'hôpital, mon père m'a dit cette phrase qui résonne encore aujourd'hui :

— On l'a échappé belle, hein, fiston ?

Je n'avais plus envie qu'il m'appelle fiston. Plus envie de reconnaître sur son visage les traits que le mien avait perdus. Je n'avais plus envie de discuter avec lui et ma mâchoire n'était plus capable, d'ailleurs, de poursuivre la discussion.

— L'essentiel est que tu sois vivant.

Quand on n'a plus rien pour être heureux, le bonheur se loge apparemment dans les battements du cœur. Ma vie est une peau de chagrin, pleine de cicatrices, de raccommodages, de greffes et de trous. Et il ne me reste qu'un œil pour pleurer. Celui de droite est en service minimum depuis l'accident. Comme moi. Je n'ai plus été au lycée depuis quatre mois. J'ai déserté le Conservatoire. J'ai refusé toutes les propositions de sorties de Bastien et Joachim. J'ai fui Soline. Elle est venue me voir plusieurs fois à l'hôpital, avec son sourire désolé, sa mèche qui tombait sur ses yeux gris et ses ongles flashy. Elle me racontait plein de trucs parce que, pour elle, tout était soi-disant pareil. Elle croyait qu'on en sortirait indemnes et que ce qui compte, c'est la fameuse beauté intérieure dont on ne parle qu'aux gens moches. J'en fais désormais partie. Je pourrais gagner un concours, avec ma pommette en bouillie, ma narine défoncée et mon menton de travers. Ça doit sûrement exister aux USA. Et un vendredi après-midi, j'ai expliqué à Soline que ça ne valait plus la peine de venir, que ses jolies joues rehaussées de rose pâle, elles me rappelaient trop la mienne qui avait disparu. Elle m'a serré la main, puis elle est partie. Elle n'a pas insisté et elle n'est jamais revenue me tenir compagnie devant des jeux télévisés juste bons pour les vieux en maison de retraite.

Je voudrais que mon père comprenne ce que Soline a très bien saisi : s'aimer, maintenant, c'est faire semblant. J'en suis incapable. J'emploie déjà toutes mes forces à m'asseoir devant mon piano. Je m'y suis remis un jour où j'étais seul à la maison, avec Obama qui papotait dans sa cage. C'est lui qui l'a appris à maman : il s'est remis à siffloter les premières notes d'une sonate de Beethoven que je jouais souvent, avant. C'est grâce à ça que ma mère a téléphoné à Fred pour qu'il vienne me donner des cours particuliers. Ça m'a fait un bien fou de le retrouver. Depuis toujours, quand il m'écoute, il ferme les yeux. Alors, ensemble, face au piano, rien n'a vraiment changé.

# Rhéa

*Annecy, le 22 septembre 2016*

*Chère Mademoiselle,*

*Suite au courrier reçu de la part de votre ancien professeur, nous avons l'honneur et le plaisir de vous informer que vous êtes admise au Conservatoire à rayonnement régional pour valider votre dernière année de troisième cycle.*

*Veuillez donc vous présenter* <u>*le 30 septembre à 15 h*</u> *pour une entrevue personnalisée avec M. Randal, votre professeur de piano.*

*Vous serez dans l'obligeance de vous munir des partitions que vous avez étudiées dans votre précédent Conservatoire.*

*Nous vous prions d'agréer, chère Mademoiselle, l'expression de nos félicitations et de nos salutations les meilleures.*

| | |
|---|---|
| *Monsieur Randal* | *Monsieur de Fontayne* |
| *Le professeur* | *Le directeur* |

Cette lettre, c'est peut-être mon passeport pour ma nouvelle vie. Je n'ai pas touché au clavier depuis ce quinze mai. Est-ce que le Conservatoire va m'aider à me remettre en selle après cette chute sans fin ?

Le piano était ma respiration, mon évasion, c'est en jouant que je pouvais libérer tout ce qui rugissait à l'intérieur de moi.

Mais c'est fini. J'ai abandonné. Plus de quatre mois que je n'ai plus posé mes doigts sur un clavier. Ça ne pardonne pas, en dixième année. Je suis larguée, fichue.

La seule chose qui me relie à ma nouvelle vie, c'est ce carnet noir à lignes rouges où je gratte furieusement mes impressions, comme si mes blessures intérieures pouvaient s'y noyer. J'ai passé plus d'une heure à le chercher dans une librairie la semaine dernière. Je voulais qu'il ressemble à l'état de mon cœur.

Noir du désespoir et lignes de sang vermeil.

## Pourquoi ?

*« Toi et moi, c'est pour toujours », ce n'est pas ce que tu disais ? Et j'y croyais, dur comme fer, à ces belles promesses.*

*Mais je ne suis plus qu'une enveloppe vide de toute substance, la tête pleine de toi. À vrai dire, je ne pense à rien d'autre qu'aux morceaux que tu aimais écouter. Si tu me voyais, là, à me persuader que tout ça n'est qu'un cauchemar… Oh, j'aimerais tellement que tu sois là demain, avec ton sourire à la Dylan O'Brien et tes blagues à deux balles.*

*Pourquoi ?*

*Je ne sais plus à qui parler, alors s'il te plaît, arrête. Arrête tout ça. Arrive sans prévenir dans ma chambre, que tout soit comme avant.*

*Pourquoi ?*

*Tu vois cette lettre du Conservatoire ? Toute lisse, posée et si conventionnelle ?*

*Ce n'est pas la peine d'y penser. À quoi bon, si je n'ai plus personne pour qui jouer ?*

*C'est vrai.*

*Qui se moquera de moi parce que je ferme les yeux et me balance pour mieux sentir la musique vibrer dans mon corps ?*

*Qui m'enlacera pour me rassurer parce que je pique une crise d'angoisse de peur d'échouer à l'examen ?*

*Qui m'aidera à choisir ma tenue ?*

*Qui m'attendra à la sortie avec un énorme bouquet de roses pour me féliciter, même quand j'aurai joué comme un pied ?*

*Pourquoi ?*

*Je ne suis qu'une égoïste, n'est-ce pas ?*

*Parle-moi de toi, Alex. Dis-moi ce que tu ressens, là, tout de suite, sur ton petit nuage. Soulagement ? Regret ?*

*Parfois, quand ça allait mal entre nous, je te disais que je ne t'aimais plus, que ce serait mieux qu'on s'éloigne un peu pour respirer. Mais ce n'était pas vrai. Bien sûr que ce n'était pas vrai.*

*Je t'ai toujours aimé, toujours.*

# Igor

FRED, JE LE CONNAIS depuis que je suis petit. C'est un ami de ma mère. Ils ont étudié ensemble au Conservatoire, ils étaient comme les deux doigts de la main jusqu'à ce qu'ils prennent des voies opposées. Quand elle a rencontré mon père, ma mère a délaissé son violon, puis elle est tombée enceinte au cours des premiers mois de leur histoire, et ses doigts ont troqué l'archet contre les couches culottes. Pendant ce temps, Fred taillait son chemin de grand pianiste, les mains courant sur le clavier de son piano. Il a joué quelques années avec un orchestre, a voyagé un peu partout en Europe et en Asie, jusqu'à trouver son âme sœur au premier rang d'une belle salle de concert parisienne. Il a abandonné les tournées pour rester auprès d'elle, en compagnie des notes de musique, évidemment. Il enseigne au Conservatoire depuis huit ans et, s'il n'y avait pas eu l'accident, il aurait été mon prof de troisième cycle cette année.

À la place, depuis début septembre, il vient me donner une leçon trois fois par semaine. Il paraît que j'ai du talent. Et il faut éviter que je perde la main puisque j'ai déjà perdu la face. Fred m'aide à persévérer, malgré tout. Il me répète que « ça va passer », que quand ça ne va pas, il suffit de respirer, comme avant d'entamer la *Toccata* de Bach au piano. Je n'ose pas l'envoyer se faire voir avec ses bons conseils. Lui, il sait de quoi il parle : Hua est décédée il y a six ans, mais il est toujours là, avec son air confiant, sa barbe de trois jours, ses doigts longs et nets, sa veste en velours et son jean délavé dont s'échappe souvent un bout de chemise. Il n'a jamais arrêté de jouer, même si elle n'était plus là pour l'écouter. Il était au piano à son enterrement, et il m'a dit souvent que ça l'avait sauvé de cette maudite journée d'adieu, que les notes de musique avaient apporté de la lumière dans sa maison où il broyait du noir depuis le départ de sa femme.

« Fourrer le nez dans le clavier, ça permet de garder la tête hors de l'eau ! »

Quand ma mère lui a demandé de m'aider à rattraper le niveau, il n'a pas hésité. Dès le lendemain, il est passé à la maison avant d'aller au Conservatoire. Il n'a pas prétendu que c'était sur son chemin et qu'il était là par hasard – il ne vient jamais chez nous sans une très bonne raison. Il m'a juste lancé un clin d'œil avant de m'avouer qu'il était là pour le piano.

— Ta mère m'a téléphoné hier. Elle est si heureuse que tu rejoues. Et moi aussi.

Obama a acquiescé dans sa cage et a salué Fred par son éternel « *Hi Fred ! Hi everybody ! Yes, we can !!!* » On a ri et on est montés. Sans un mot, je l'ai laissé s'installer sur la banquette de mon Steinway & Sons, un cadeau d'anniversaire inoubliable, censé favoriser un apprentissage optimal. Il brille au milieu du petit salon, où j'ai passé tant d'heures à balader mes mains sur ses touches.

« On s'est saignés pour te le payer, fiston. »

Mon père mesure les choses sur la base du prix que ça a coûté. Il a vidé son compte en banque pour m'offrir du haut de gamme. Des euros, il continue d'ailleurs à en allonger un paquet pour ma reconstruction faciale. Il essaie de rattraper comme il peut les deux secondes d'inattention qui ont bousillé ma vie.

Fred a ouvert mon piano pour effleurer le clavier. Il m'a regardé dans les yeux, sans ciller, et il s'est levé pour me laisser la place. Il s'est assis, jambes croisées, dans le fauteuil juste à côté. Celui où ma mère s'installait avant, avec son stylo rouge et plus de copies que je n'ai jamais eu de partitions. Elle aimait corriger les disserts en m'écoutant répéter. Maintenant, elle les lit sur la table de la salle à manger avec la télé pour fond sonore.

— Ta collection devient vraiment impressionnante !

Fred a désigné l'étagère où s'alignent mes mangas, classés par ordre alphabétique d'auteur. J'avale ces bouquins plus facilement que la viande hachée que j'ai encore du mal à manger, malgré les dizaines de rafistolages de ma mâchoire. Il y a quelques semaines, je croyais que je boufferais liquide pour le restant de ma vie. Comme un petit vieux ou un bébé baveux.

— J'en lis beaucoup. Ça m'occupe.

Soline aimait ces héros en noir et blanc qui survivent aux pires batailles. C'est elle qui m'avait apporté le premier tome de *Monster* à l'hôpital parce que c'était trop cool soi-disant. Quinze jours plus tard, j'avais lu les dix-sept autres, et elle ne le saura jamais.

Je suis resté debout, à côté du piano.

— Je préférerais que ce soit toi qui joues.

— Avec plaisir.

Fred n'a pas sorti ses partitions. Il a posé ses paumes sur ses cuisses, attendu le moment parfait pour démarrer, celui où, suspendu à ses doigts, j'épie la seconde où le silence s'efface derrière les premières notes. Dès que Fred a entamé son morceau, Obama a réagi. Il connaissait cet air par cœur. Je l'avais répété pendant des heures pour l'examen de fin d'année que je n'avais pas pu passer. Satie, mon préféré.

# Rhéa

Je vais exploser, c'est sûr. Ou fondre. Je ne suis plus qu'un gros sac de larmes congelées à l'intérieur.

Je n'arrive plus à dormir : depuis près de cinq mois, je fais des cauchemars presque toutes les nuits.

Le médecin continue de prétendre que c'est normal, il m'a quand même prescrit des médocs, mais je n'en veux pas, je veux continuer à avoir mal et à ruminer ma colère contre le monde entier.

Après la mort d'Alex, le psy du lycée a voulu me rencontrer pour me « faire parler et m'aider à évacuer mes émotions ».

Je l'ai écouté baragouiner son baratin-qui-rentre-dans-les-cases et j'ai eu envie de le frapper, même s'il me faisait pitié avec ses lunettes et son crâne dégarni. Et comme il devenait de plus en plus insupportable, j'ai dit :

— Oui, moi aussi j'ai des pulsions suicidaires. Surtout quand je vous vois.

Il a blêmi. J'ai éclaté de rire et je suis sortie de la salle. Dans les toilettes, je me suis effondrée et j'ai vomi.

Ma mère est affolée. Avec le stress du déménagement, son nouveau job, la ville qu'elle ne connaît pas, mon père qui lui fait des embrouilles pour payer la pension alimentaire, elle est hystérique. Elle me saoule avec ses problèmes, et mes frères aussi. César, le beau gosse-sans-acné autour duquel tournent toutes les filles, est devenu plus stupide qu'avant, avec ses blagues de préado qui ne font rire que lui. Tibère, l'intello surdoué aux yeux de Chat botté, le provoque sans arrêt. Ce petit malin sait taper là où ça fait mal. Soit ils se cognent dessus, soit ils se liguent contre moi : parfois, j'ai envie de m'enfuir de la maison ou de leur donner la bonne raclée qu'ils méritent.

Lundi, ma mère est entrée dans ma chambre, furieuse :

— Rhéa, il faut qu'on discute. Tu as réussi l'examen au Conservatoire, ne gâche pas tes chances. Travaille un peu ! J'ai obtenu ton admission au lycée Fauré pour que tu puisses aller au Conservatoire, j'ai fait des pieds et des mains pour qu'ils te prennent en section européenne en leur disant que tu étais brillante. Six en maths, quatre en physique, cinq en espagnol, sept en SVT ! Tu fais quoi, là ?

— Rien.

Ma mère a pleuré. J'en étais sûre. Incapable de me soutenir. Parfois, elle hurle aussi. C'est au choix.

Elle a tourné les talons :

— Tu as intérêt à aller à ce rendez-vous mercredi, Rhéa, sinon ça va barder pour toi.

Puis elle a claqué la porte. Je me suis allongée sur mon lit.

« Il faut qu'on discute… »

Tu parles ! Bravo la discussion, madame Mère ! J'ai l'impression que l'orchestre de la *Cinquième Symphonie* de Beethoven a débarqué dans ma chambre. Et moi, je reste là, le cœur bouillonnant de fureur contenue et de désespoir.

J'attrape mon pauvre carnet et j'y déverse ma rancœur à en arracher les pages.

**Échec et mat**

*Je n'arrive pas à croire que tu as fait ça, Alex. Que tu t'es jeté sous ce train. Non ! Je ne peux même pas l'imaginer.*

*Pourquoi personne n'a rien vu, rien fait ? Pourquoi personne ne t'a retenu ni arraché des voies ?*

*Moi je me serais jetée sur toi, je t'aurais pris à bras-le-corps, t'aurais soulevé, comme un super-héros, et t'aurais sauvé. Puis on se serait envolés tous les deux, on aurait plané au-dessus du quai. Tout en riant, tu m'aurais serrée contre toi et tu aurais dit de ton air si caustique : « Wouah, il était moins une, j'ai failli faire la pire bêtise de ma vie. »*

*Sauf que je n'étais pas là, mais au collège en train de rigoler avec Louise et Juline… Je n'ai rien senti, ni dans mon cœur ni dans mes tripes. Rien. Aucun signe de ton départ.*

*Les adultes sont dévastés. Ils ne sont pas à la hauteur. Ils font semblant mais ne maîtrisent rien du tout. Ils prononcent des phrases toutes prêtes et inutiles, les yeux gonflés de larmes, pour éviter les silences pesants, mais au fond, ils sont aussi perdus et démunis que nous. Des gamins effrayés devenus grands, mais qui n'ont toujours rien compris. Alors, pour se rassurer, ils s'inventent des codes et des cases, beaucoup de cases dans lesquelles ils rangent les gens soigneusement. Et quand tu n'entres dans aucune, on t'éjecte, un petit sourire, une tape sur l'épaule, mais on t'éjecte quand même…*

*Comme on l'a fait avec toi, Alex.*

*Tu étais brillant, mais tu ne voulais pas travailler.*

*Tu avais une famille qui t'aimait, mais tu ne parlais jamais de toi à la maison, tu ne racontais jamais tes soucis, tu préférais fuir.*

*Tu avais des profs super sympas et dynamiques, mais tu séchais leurs cours.*

*Tu étais bon en maths mais tu ne voulais devenir ni ingénieur ni médecin, non.*

*Toi, tu étais un artiste, tu voulais créer, créer, créer. Pendant des heures, tu composais, inventais des mélodies improbables à la guitare en te disant qu'un jour tu gagnerais assez d'argent avec tes concerts pour faire le tour du monde.*

*Personne ne l'a compris.*

*Ils ont voulu te faire rentrer dans ces foutues cases, et tu en es mort.*

*Ils t'ont tué. Ce sont eux les coupables. Et nous aussi, parce qu'on n'a rien vu. Parce qu'on n'a pas été assez là pour toi.*

*2 521 amis sur FB. 1 576 followers sur Insta… Mais à quoi ça t'a servi ?! Et moi, j'étais où ? Dans quelle case si loin de toi que tu n'as pas su venir me chercher ?*

*Pour moi, c'est échec et mat. Je suis sortie de l'échiquier en même temps que toi.*

Je tourne et retourne la lettre du Conservatoire. Les aiguilles de la pendule murale de la cuisine marquent 14 h 45, et je sais que je suis déjà en retard. Je n'ai pas préparé les partitions demandées. Elles sont encore dans l'un des cartons pas déballés, sous mon lit. J'arrache tout, je fouille, soulève des piles de souvenirs qui me font monter les larmes aux yeux, et au bout de cinq minutes, à bout de souffle, hors de moi, je remets la main dessus. 14 h 55. Là, c'est officiel, il y a un sacré problème. Ce Randal, s'il me fait la moindre remarque, je lui explose à la figure.

# Igor

MON PÈRE NE S'EST JAMAIS ASSIS dans le petit salon pour m'écouter. Il n'a pas le temps. Il l'a perdu depuis longtemps, égaré au fond de son bureau, dans un tiroir ou une armoire saturée de dossiers. Il n'a jamais une minute à lui, une minute pour nous, sauf une fois par an pour le récital du Conservatoire, durant lequel il somnole les trois quarts du concert en attendant mon tour. Il trouve ça « chouette », peu importe les fausses notes et les accrocs. Vivaldi ou Rachmaninov, pour lui, c'est du pareil au même. C'est Fred qui m'a appris à les apprécier et à en découvrir tant d'autres. Quand j'ai commencé à jouer, il m'a enregistré des compils avec ses morceaux favoris. Je les écoutais en jouant avec mes chevaliers en plastique. J'en ai gagné des batailles sur la *Symphonie n° 3* de Beethoven ! Et ça énervait beaucoup mon père. Il n'aime pas trop Fred. Il n'arrive pas à lui faire la conversation. Il ne va quand même pas raconter à ce musicien mal rasé ses plaidoiries au tribunal de commerce. Ça ne l'intéresserait pas. Ça n'intéresse personne, d'ailleurs. Même plus sa femme.

Depuis l'accident, mes parents ont du mal. Ils se sont épaulés, puis la situation s'est envenimée petit à petit. Ils s'exaspèrent, et leurs phrases s'entrechoquent si fort que leurs discussions ressemblent à un orchestre amateur jouant Bartok. Ils se murent et accumulent les rancunes, tandis que mon visage démoli leur rappelle sans cesse que leur couple bat de l'aile. Dans un accès de colère, ma mère m'a affirmé hier que mon comportement en rajoutait une couche. Elle voudrait que je pardonne, comme si je pouvais construire un pont au-dessus du ravin qui les sépare jour après jour. Ils ne sont plus jamais d'accord. L'autre soir, au dîner, ma mère a dit :

— Ce serait bien, hein, que Fred continue à lui donner des cours particuliers ?

Mon père n'a pas cillé. Il a déposé ses couverts sur le bord de son assiette pleine de hachis parmentier, s'est essuyé avec sa serviette, lentement, et s'est levé pour prendre la salière dans la cuisine. On ne la met jamais à table, car ma mère a plutôt la main lourde niveau épices. Et le don d'insister.

— C'est une bonne idée, non, Vincent ?

Il y a eu un blanc de plusieurs secondes.

— Pourquoi pas… ?

— Cache ta joie ! Ton fils reprend enfin goût au piano et c'est tout ce que ça te fait ?

Quand ils n'utilisent pas mon prénom en ma présence, c'est mal barré. Ma mère avait déjà les joues rouges et les lèvres pincées. Sa contrariété était visible comme le nez au milieu de la figure quand on en a encore un.

— Alice, c'est pas ça. C'est que…

C'était parti. Elle ne l'écoutait plus. Elle était montée à la barre, et son avocat de mari, aussi réputé qu'il soit, n'en plaçait plus une. J'ai laissé mon repas mixé façon panade et je suis monté dans ma chambre. Pour ne pas les entendre, j'ai mis la *Gnossienne* de Satie. À fond. C'est ce morceau que je travaillerai avec Fred la prochaine fois.

# Rhéa

Randal, le prof du Conservatoire, m'attend depuis vingt minutes. Il n'est pas du tout comme je l'avais imaginé. Tout le contraire du vieux qui pue de la bouche et sent la transpi.

Il est brun, avec des cheveux gris sur les tempes, j'aime bien.

Il joue la *Grande Polonaise* de Chopin et ça me donne des frissons.

Il ne fait pas de remarques sur mon retard : rien, pas un mot. Du coup, je suis gênée et je bafouille :

— Bonjour monsieur… Désolée, je… désolée pour mon retard.

— Bonjour, Rhéa.

Sa voix est grave, avec un petit accent quand il prononce le « a » en appuyant dessus. Il me demande de m'asseoir et feuillette les partitions froissées.

— On se met au piano ?

Sa proposition déclenche mes larmes en rafale.

Bien sûr, je n'ai pas de mouchoirs et j'essuie mon nez qui coule dans ma manche. Affreux.

Randal me tend un mouchoir :

— Respire, Rhéa, ça va passer.

Non, ça ne va pas passer ! Ce gros, cet immense chagrin qui m'étouffe ne va pas disparaître. Il m'écrase depuis près de cinq mois et me mange de l'intérieur.

Mais je lui pardonne, à ce prof, il a l'air cool et il faut bien qu'il dise quelque chose.

Il se remet au piano en attendant que j'arrête de sangloter.

Heureusement qu'elle dure longtemps, la *Grande Polonaise*, parce que j'ai beaucoup de larmes enfouies.

Comme le déluge ne cesse pas, Randal se lève puis sort un thermos noir. Il me verse une tasse de thé.

— C'est le « thé des Poètes », mon préféré. Je l'achète à la boutique *Au Thé Bleu*, tu connais ?

— Non.

Comment veux-tu que je la connaisse, ta boutique ? Je suis nouvelle dans cette ville.

Et pendant que je rumine sur ces adultes décidément tous à côté de la plaque, il s'exclame :

— Que je suis bête ! Tu viens de déménager. Je te note l'adresse ici : si tu aimes le thé, je te conseille d'aller y faire un petit tour.

Le thé est brûlant, mais il me fait du bien. Et j'arrête enfin de hoqueter.

— Tu as envie de venir au Conservatoire, Rhéa ? Ou tu dois valider ton diplôme du troisième cycle et tu n'as pas le choix ?

Je ne sais pas quoi répondre. C'est quoi, la bonne réponse à donner pour qu'il me fiche la paix ?

Il reprend :

— Voilà ce que je te propose : tu ne dis rien à tes parents. Ou plutôt si, tu leur dis que l'entretien s'est bien passé. Cette semaine, tu réfléchis et tu prends ta décision. Parce que je ne pourrai pas te faire progresser si tu ne l'as pas décidé. Et je ne pourrai pas t'aider à valider ton diplôme si tu ne le souhaites pas. Peut-être qu'il y a d'autres priorités pour toi en ce moment ? Même si l'entrée en première année d'études supérieures est aussi une priorité pour les élèves doués, bien entendu !

Il prend une feuille sur laquelle sont notés les horaires et me la tend :

— Si tu te décides, sois là samedi à 16 h précises.

Il se lève et je comprends que l'entretien est terminé. Je n'ai pas joué une seule note. Est-ce qu'il me laisse vraiment une deuxième chance ?

Je bredouille :

— D'accord. Au revoir.

— Au revoir Rhéa. Prends soin de toi.

En rentrant, je laisse le papier sur la table de la cuisine en entourant *samedi 16 h* pour que ma mère comprenne que l'entretien s'est bien passé et qu'elle ne m'embête pas avec des questions saoulantes : « Quel morceau tu as joué ? » ou « Tu n'avais pas perdu la dextérité de ta main gauche ? Tu étais au niveau ? »

Mon téléphone vibre.

**Louise**
Salut mon chat comment tu te sens ?

**Moi**
Bof

**Louise**
Tu nous manques trop au lycée !
C'est nul sans toi et Alex, on est perdues

**Moi**
T'imagines même pas comme c'est horrible ici
Je connais personne, mon lycée est pourri

**Louise**
Oh nan, je suis dsl pour toi 😣

**Moi**
Et ma mère comprend rien
Elle ne parle que de boulot du matin au soir

**Louise**
Pas top tout ça... Je vais demander à ma mère
si tu peux venir aux vacances de Toussaint,
faudrait vrmt qu'on se revoie ! On se fera
une patinoire et un frappé caramel au Starbucks',
comme avant, ça te dirait ?

**Moi**
Ah oui de fou
Tu crois que ce serait possible ?

**Louise**
Bien sûr tqt, bisous

Cette conversation est censée me remonter le moral, pourtant je ne ressens aucune excitation à l'idée de revoir mes copines. Je suis obligée de faire semblant. Sauf dans mon carnet, alors je saisis mon stylo.

**Naufrage**

*Je ne sais pas si je veux reprendre le piano, Alex. Tous ces efforts, ces heures de répèts, pour quoi, pour qui ? Ça n'a plus de sens, je n'ai plus envie, plus d'énergie.*

*Ta sœur Jeanne ne va pas bien du tout et c'est à cause de TOI. Elle m'a dit qu'elle avait des idées noires. Tu te rends compte ou pas ? Ta mère et Patrice se disputent tout le temps, ton beau-père a voulu ranger ta chambre, et ta mère a piqué une crise. Il se prend pour qui, ce gros con ? Il n'a pas intérêt à toucher à tes affaires ! Ton père déprime, il passe son temps sur ta tombe, Jeanne ne le voit presque plus. Ta famille part en morceaux, tout comme moi. Tu sais à quoi je pense, là ? Aux naufragés du* Radeau de la Méduse. *Plus d'espoir. Personne vers qui me tourner pour me sortir de mon désespoir. C'est glauque, hein ?*

*C'est à cause de toi que j'ai pleuré devant Randal et tu sais bien que je déteste ça. Je ne me reconnais plus.*

*Pourquoi tu as fait ça, pourquoi tu n'as pas pensé à nous avant de te jeter sous le train ? On ne comptait pas pour toi ? Oui, peut-être qu'on ne comptait pas.*

# Igor

Depuis presque un mois, Fred vient trois fois par semaine à la maison, juste avant d'aller travailler au Conservatoire. Il sonne à 13 h pile, avec sa mallette en cuir brun usé, remplie de partitions.

— Comment tu vas aujourd'hui, Igor ?

Il commence toujours avec cette phrase. Il insiste sur le « aujourd'hui » : il sait que mon moral est une grande marée qui monte et qui descend très bas plusieurs fois par jour.

— Ça a déjà été pire.

— Bonne nouvelle, donc !

Il sort son sandwich et son thermos.

— Alors, quel est le programme ?

— Satie.

— Encore ?

— Oui. J'ai des soucis à la fin du morceau.

Il pianote avec une facilité déconcertante les quelques notes qui me posent problème, puis mord à grandes bouchées dans son déjeuner pendant que je m'installe au piano avec mes craintes. Je suis intimidé par cet instrument que j'ai traité comme un étranger depuis l'accident. Chaque fois, face au clavier, j'ai l'impression de repartir de zéro. J'ai perdu beaucoup en dextérité et en légèreté. J'appuie trop sur les touches, comme si j'y injectais ma colère. Les mauvais jours, je suis capable de transformer un joyeux scherzo en requiem. Fred pose ses mains sur mes épaules pour me calmer.

— Respire, Igor, ça va passer, c'est normal de libérer tes émotions dans ton interprétation, le piano est là pour ça. Démolis-le si ça te chante !

Fred a des tas de répliques qui m'aident à garder le cap. Il a confiance. Il s'acharne en douceur et, dans ses yeux brillants, je lis parfois que je m'améliore.

— Il faudra du temps, de l'entraînement et du plaisir, Igor, du plaisir !

Ça, je n'y suis pas encore. Je commence juste à chasser, au fil des portées, ma frustration d'être moins bon qu'avant. Je m'accroche au bien que me procurent ces notes enfilées encore et encore. Elles m'empêchent de penser. De ruminer. De me repasser ce fichu film. Les visites de Fred éclairent mon quotidien et repoussent un peu les murs de la maison, dont je ne sors que pour les consultations à l'hôpital ou chez Mme Jacquelin. En dehors de ça, je reste enfermé comme un monstre dans un placard, trop triste d'effrayer les gamins avec lesquels il voudrait être copain.

Des amis, je n'en ai plus. J'ai refusé de les voir, sans exception. Ils ont pris de mes nouvelles, par téléphone, textos ou réseaux sociaux. Puis ils se sont habitués à mon absence. École, soirées, ciné, la vie a repris son cours. Un jour, ils se sont tus. Plus de messages, plus de notifications. Ils m'ont oublié pour croquer à pleines dents cette adolescence à laquelle moi, je n'ai plus droit. J'ai souvent regardé leurs photos sur FB et Insta. Juste pour avoir mal, pour leur en vouloir d'être heureux. Je suis retourné passer en revue mes vidéos et mes albums sur mon compte. J'ai tout supprimé, en quelques clics. À commencer par mes photos de profil. Mon visage d'avant a été remplacé par une silhouette anonyme et blanche sur fond gris, bien plus acceptable que la mienne aujourd'hui.

Dans un cahier bleu que j'ai glissé dans un tiroir de mon bureau, j'ai dessiné mon univers où la vie est plus inexistante que sur Mars :

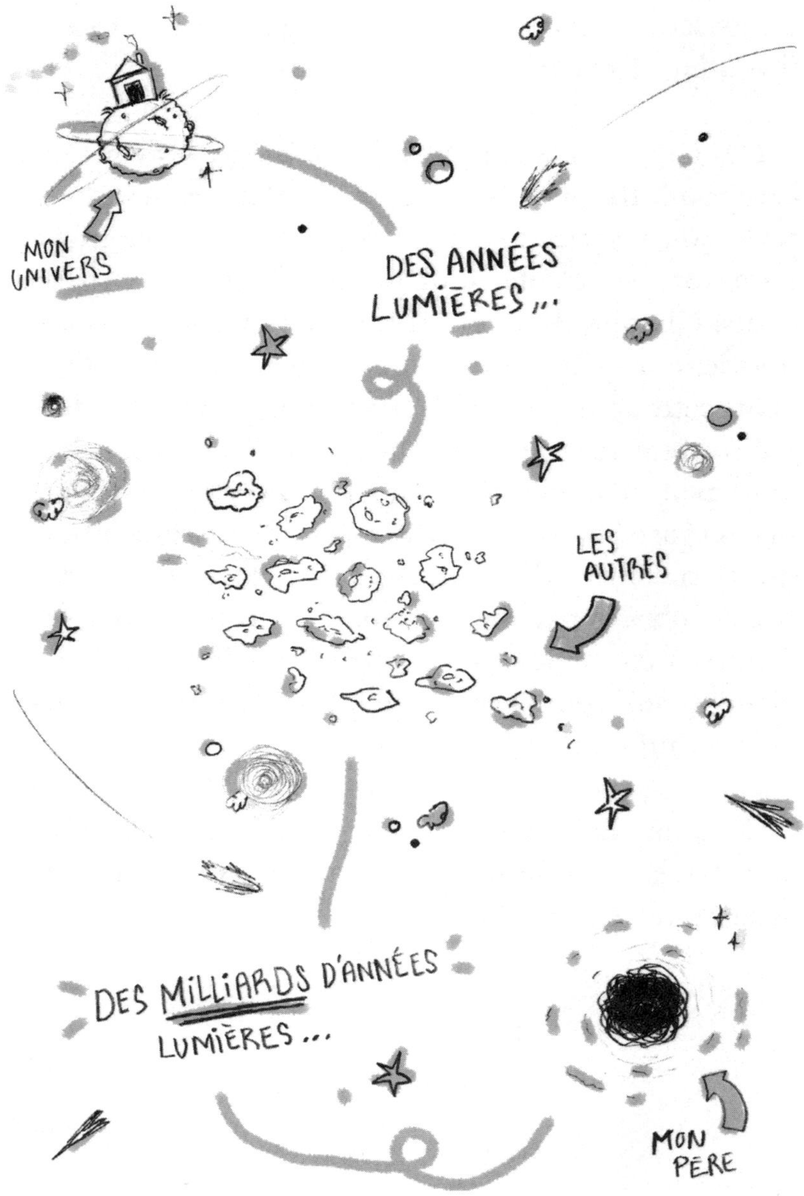
MON UNIVERS
DES ANNÉES LUMIÈRES...
LES AUTRES
DES MILLIARDS D'ANNÉES LUMIÈRES...
MON PÈRE

J'ai inauguré ce cahier après mon dernier passage sur Facebook. Soline me manquait trop. J'avais envie de la regarder pour me rappeler le goût de ses baisers sur mes lèvres, que plus personne n'osera désormais embrasser. J'ai scanné son profil et il m'a fallu moins d'une minute pour la découvrir, resplendissante, aux côtés de Bastien. J'ai eu moins mal que prévu. Mais mal quand même. C'est moi qui ai refusé qu'elle revienne à l'hôpital, qu'elle se sente obligée de m'aimer, qu'elle reste avec moi par pitié. Ce selfie en amoureux me prouvait qu'elle avait poursuivi sa route et je ne lui en voulais pas. Je n'étais même pas fâché contre mon ancien pote. Bastien m'avait contacté pour me proposer de « se voir ». C'était impossible. Il avait insisté sous prétexte qu'il avait des trucs à me dire. J'avais nié l'affaire et il n'avait sûrement plus eu d'hésitation à fourrer sa main dans celle de Soline. Je comprends. Une saxophoniste et un trompettiste, c'est un duo prometteur, à l'abri des fausses notes.

Fred est le seul que j'autorise à m'approcher sans y être obligé. Mon père, pour l'instant, je n'ai pas d'autre choix que de vivre avec. Et rester en face de lui me garantit qu'il souffre chaque seconde de sa culpabilité. C'est le seul sens que je trouve à présent à mon existence.

— Il paraît que la musique adoucit les mœurs, Igor.

Fred passe sa main sur la fossette de son menton avant de la poser sur mon piano pour quelques notes jetées en vrac.

— Jeudi, j'aimerais que ton Satie soit impeccable. Tu as du temps pour le travailler ?

— Bof. J'ai plusieurs rendez-vous chez le chirurgien.

— Si tu répètes avant et après, ça te fera sûrement du bien. Allez, je file.

Il me tape sur l'épaule et disparaît dans les escaliers. Comme les autres, il n'ose plus m'embrasser.

# Rhéa

TOUT À L'HEURE, dans le bus en revenant du lycée, j'ai pris un coup de poing dans le ventre en écoutant la radio, qui passait *SOS d'un terrien en détresse*, la chanson qu'Alex jouait à la guitare sur son vieux canapé défoncé. Au début, on se moquait de ces trop vieilles paroles. C'était soi-disant son prof de guitare qui l'obligeait à la jouer et il raillait les paroles en rigolant, mais j'ai toujours su, au fond, qu'il l'aimait, cette chanson, même si son truc c'était le rap US ou d'autres vieux tubes de rock. Je ne l'avais plus jamais entendue depuis sa mort.

*Pourquoi je vis, pourquoi je meurs ?*
*Pourquoi je ris, pourquoi je pleure ?*
*Voici le SOS d'un Terrien en détresse.*
*J'ai jamais eu les pieds sur Terre*
*J'aim'rais mieux être un oiseau*

*J'suis mal dans ma peau.*
*J'voudrais voir le monde à l'envers*
*Si jamais c'était plus beau,*
*Plus beau vu d'en haut ?*
*J'ai toujours confondu la vie*
*Avec les bandes dessinées.*
*J'ai comme des envies de métamorphose*
*Je sens quelque chose qui m'attire, qui m'attire,*
*Qui m'attire vers le haut.*
*Au grand loto de l'Univers*
*J'ai pas tiré l' bon numéro*
*J'suis mal dans ma peau.*
*J'ai pas envie d'être un robot*
*Métro-boulot-dodo.*
*Pourquoi je vis, pourquoi je meurs*
*Pourquoi je crie, pourquoi je pleure ?*
*Je crois capter des ondes*
*Venues d'un autre monde.*
*J'ai jamais eu les pieds sur Terre*
*J'aim'rais mieux être un oiseau*
*J'suis mal dans ma peau.*
*J'voudrais voir le monde à l'envers*
*J'aim'rais mieux être un oiseau,*
*Dodo l'enfant Do.*

(*SOS d'un Terrien en détresse*,
D. Balavoine, *Starmania*, 1978)

Ça m'a prise au cœur, j'ai cru que je n'allais pas supporter cette douleur. Et j'ai réalisé que je n'avais rien compris, que je n'avais pas entendu ce qu'Alex avait voulu me dire, ce qu'il murmurait en filigrane en cachant ses émotions derrière sa guitare.

Ou alors si, peut-être que j'avais entendu, mais ça faisait trop mal, ça signifiait que rien ne lui suffisait, même pas moi. Qu'il n'avait pas trouvé sa place sur Terre.

Un vieux Black m'a fixée. En se levant pour sortir du bus, il m'a dit :

— Faut pas vous mettre dans des états pareils, p'tite demoiselle. Z'êtes trop mignonne et vous avez la vie devant vous.

Il a farfouillé dans son panier et a déposé une orange sur mes genoux.

— Tenez, ça vous fera des vitamines. Faut pas pleurer, même pour un chagrin d'amour.

Je lui ai rendu son orange.

— Gardez vos conseils pourris, monsieur. Vous ne comprenez rien.

Je suis sortie en le bousculant, quatre arrêts trop tôt, et pour la peine, j'ai marché presque deux kilomètres en essuyant rageusement mes joues, avec la chanson de Balavoine en boucle dans ma tête.

Quand je suis rentrée dans l'appartement, Tibère m'a aussitôt sauté dessus :

— On fait une partie de PS4, Rhéa ?

— Fous-moi la paix avec tes jeux débiles.

— T'es nulle ! T'es moche ! Tu pleures tout le temps !

Ma mère a bondi de la cuisine :

— Rhéa, Tibère, ça suffit. Rhéa, tu pourrais être un peu plus sympa, non ? C'est pénible à la fin. Ça va durer encore longtemps ?

— Qu'est-ce qui va durer longtemps ? Mon chagrin ? Ma colère ? Ah oui, bien sûr, tu me demandes de tout oublier pour ton petit confort perso, c'est ça ?

— Oh, ne me parle pas sur ce ton !

Je lui ai claqué la porte de ma chambre au nez. Le cœur battant, j'ai passé la main sous le matelas pour en sortir mon carnet.

### *SOS d'une ado en détresse*

*J'ai honte d'avoir été en colère contre toi, Alex. Pardon, mille pardons.*

*Reviens, je vais t'aider, on va t'aider à la trouver, cette place que tu as cherchée tout seul.*

*Tu t'es trompé, tu avais tiré le bon numéro : tu chantais bien, tu dessinais, tu avais des dizaines d'idées farfelues, tu étais toi ! T'étais pas un robot ! Tu serais pas devenu un robot !*

*J'ai demandé qu'on passe cette chanson à ton enterrement, et tes parents ont accepté. Si tu savais comme on a tous pleuré. Les profs avaient les yeux rouges, même Mme Braint. Tu disais qu'elle te détestait, mais tu t'étais trompé. Elle a sangloté pendant toute la cérémonie.*

*Je ne te l'ai jamais raconté, mais il y avait un monde fou. L'église était pleine à craquer. Et des fleurs blanches partout, des roses, des roses, une overdose de roses.*

*C'était la première fois que j'assistais à un enterrement, et c'était le tien. Moi qui ai si peur de la mort, tu vois, c'est toi qui m'as obligée à la regarder dans les yeux.*

*Est-ce que tu nous voyais pendant cette cérémonie interminable ? Est-ce que tu planais là, invisible, libéré de tes angoisses, de ton mal-être ?*

*Tu as choisi de tout arrêter, tu as choisi de t'envoler, de devenir un oiseau… et je devrais respecter ta décision.*

*Mais à quoi ça sert tout ce que je te raconte, tu t'en fous et j'ai la désagréable impression de vouloir te culpabiliser.*

*Aide-moi, Alex. Si tu étais là, à côté de moi, que déciderais-tu pour le Conservatoire ?*

*Je dois y aller, me battre pour toi, pour nous ? Ou ça n'a aucun sens et je laisse tomber ?*

Juline m'appelle, brisant mon monologue intérieur. Je lui parle de mes hésitations pour le Conservatoire et, en personne raisonnable, elle m'incite à poursuivre, à persévérer. Elle dit que ça va m'aider à penser à autre chose et que j'ai trop de talent pour laisser tomber après dix ans de travail.

Elle veut tellement que j'aille bien, Juline. C'est une petite mère, toujours à l'écoute. Pas comme moi. Si Alex et elle étaient sortis ensemble, elle l'aurait sauvé.

J'hésite longuement, puis me remets à écrire.

*Bon, Alex, je vais écouter Juline. Je ne sais pas si je dois la croire, mais je vais suivre son conseil, y aller et je te raconterai tout, d'accord ?*

*Bonne nuit Alex. Mais non, que je suis bête… Tu n'as plus besoin de dormir, toi.*

# Igor

Dans le département « Chirurgie maxillo-faciale et stomatologie », tout le monde me connaît. Quand j'avance vers la salle d'attente, on me salue, on me sourit, on me demande comment se déroule mon traitement, si j'ai moins mal aux zygomatiques ou si j'aimerais un verre d'eau. Ici, personne ne fait semblant. Les soignants sont habitués aux catastrophes et au malheur. Cancéreux, grands brûlés ou malformés, ils en ont vu d'autres que moi. Et ils regardent la mort en face au quotidien.

Au milieu des autres patients, je me détends. Mes muscles contractés par le trajet en voiture et la traversée du grand hall du centre hospitalier se relâchent. Là-bas, c'est différent. Je suis le seul en piteux état. Je dois affronter les regards et les chuchotements des gens « normaux » ou des enfants qui disent tout haut ce que tout le monde pense tout bas.

— Maman ! Regarde le garçon, qu'il est moche !

— Louis ! Tais-toi !

Impossible de marcher plus vite ou de baisser plus la tête que je ne le fais déjà. Je suis repéré, même si j'essaie de me cacher. L'horreur fascine. La monstruosité attire plus que la beauté.

— Je suis désolée. Excusez-le. Il ne sait pas ce qu'il dit.

Si, justement. Ma mère envoie un sourire coincé à cette dame qui s'emmêle dans ses excuses. Moi, je poursuis mon chemin, recroquevillé, les yeux vissés sur mes pieds. En dehors de chez moi, j'évite souvent de justesse les collisions frontales avec des obstacles que je n'ai pas vus arriver. Un peu comme mon père le jour de l'accident.

En voiture, mon profil défiguré est côté vitre. Pas de chance. Je crains les rues à deux bandes et les feux rouges où le conducteur du véhicule voisin, parce que l'attente est trop longue, se tourne vers moi et a un léger sursaut. Mon chapeau et mon foulard ne suffisent pas à me protéger et à dissimuler ma laideur.

Le Dr Simonis se parfume beaucoup pour masquer l'odeur de médicaments qui infecte son cabinet. Il porte des lunettes à la mode qu'il descend au bout de son nez lors des manipulations délicates. Malgré ses cinquante ans bien sonnés, il est encore séduisant. Avec ses cheveux nickel, ses traits de vainqueur et son nez très droit, il insulte sans le vouloir ses patients à la gueule cassée. Depuis l'accident, je l'ai rencontré des dizaines de fois et, peu importe les nouvelles, il garde son sourire décontracté quand il m'accueille.

— Igor, bonjour !

Il range son stylo dans la poche de sa veste blanche, où son badge se balance à chacun de ses mouvements. Il me désigne le long fauteuil où m'allonger, allume la lampe et enfile des gants en plastique vert. Pendant qu'il examine chaque millimètre de mon visage parsemé de cicatrices, j'observe sa peau bronzée. Rien qu'avec mes interventions en chirurgie maxillo-faciale, il a pu s'offrir des vacances sur une île paradisiaque. Malgré l'assurance maladie, mon suivi médical coûte les yeux de la tête à mon père, dont le beau salaire avance les fonds nécessaires aux soins. Cet argent envolé à peine entré dans les caisses, ça l'inquiète. Bien sûr, il n'en parle pas. On ne se dit plus rien et ce serait déplacé, de toute façon. Mais il le cache si mal que je m'en aperçois et que ça grignote, chaque jour un peu plus, les derniers lambeaux de notre lien.

— Bien, bien !

Le Dr Simonis regarde mon visage avec satisfaction. Il déclare que l'évolution est gigantesque, que la cicatrisation se passe à merveille et qu'il se réjouit de la réussite de mon ravalement de façade. Une expression qu'il lance sûrement à tous ses patients avec un sourire espiègle.

C'est sa manière de dédramatiser une situation qui ne peut pas l'être. À la fin de chaque rendez-vous, il me poste devant le miroir à droite de son bureau, où s'entassent les dossiers et les radios.

— Regarde ! On a encore récupéré un peu de symétrie au niveau du mandibulaire grâce aux plaques vissées.

Ses mains me parcourent et indiquent les endroits où il y a une amélioration. Reste que le garçon que j'aperçois n'est pas moi. Il a l'œil droit à moitié fermé, l'arcade fendue de longues cicatrices jusqu'au milieu du front, la pommette et la narine enfoncées, la joue inexistante et la mâchoire supérieure de travers, tout comme le menton. De face, j'ai l'air coupé en deux. L'avant-après de la page relooking des magazines féminins, je le trimballe sur ma figure non-stop. J'en ai vécu des opérations de reconstruction faciale – un terme qui prouve à quel point je suis en ruine, mon visage en chantier et ma peau malmenée par des bulldozers miniatures.

Ensuite, le Dr Simonis s'assied derrière son ordinateur pour compléter mon dossier. Il débite son vocabulaire hyper spécialisé auquel ma mère et moi ne comprenons rien. Il propose un nouveau rendez-vous pour discuter ensemble de la prochaine intervention et de la pose éventuelle d'une épithèse hémifaciale, une prothèse qui recouvrirait la partie manquante de mon visage. Pour faire semblant, encore.

— C'est en matière synthétique aussi souple que la peau. On la pose selon un moyen de rétention adapté au cas par cas. Pour Igor, la fixation avec colle ou lunettes ne fonctionnera pas. Il s'agira d'implants sur lesquels on insèrera des barres capables de soutenir l'épithèse. Réfléchissez-y, puis on en reparlera plus en détail, d'accord ?

Ma mère acquiesce à ma place tandis que je soupire. J'en ai marre d'être couché sur le billard des heures entières, d'avaler de la morphine ou des antidouleurs, de m'étaler des crèmes et d'être déçu dès qu'on enlève les bandes. Je ne me retrouve pas dans ces traits rafistolés. Mes blessures ne se soigneront pas d'un coup de bistouri supplémentaire. Malgré leurs encouragements et leurs opérations, ils ne me rendront pas ma vie d'avant et l'existence normale d'un mec de quinze ans.

— À la prochaine, Igor.

Je lui tends une main molle et m'enfuis dans le couloir, pendant que ma mère le remercie un peu trop de tout ce qu'il fait pour moi pour plus de cent euros le quart d'heure.

# Rhéa

Cette fois, je suis à l'heure. Et même en avance. Je tiens la promesse que j'ai faite à Juline.

Mes doigts tremblent, mon cœur est en vrac, mais je suis là.

M. Randal sourit, il m'invite à le suivre dans la salle spacieuse au parquet de bois usé par des milliers de pas. Un imposant piano à queue attire le regard, et de larges fenêtres à l'ancienne baignent la pièce de lumière. Au milieu, une longue table de bois sombre et six chaises au dossier droit. On se trouve dans la salle d'examen. Le stress monte.

Je murmure :

— Désolée, pour la dernière fois.

— Désolée de quoi ?

— De…

D'un geste du menton, je montre la boîte de mouchoirs que le prof a posée sur la table.

— C'est terrible, ces rhumes. Je déteste ça, pas toi ?

Surprise, je pouffe de rire et lui aussi.

— Bon, on s'y met, Rhéa ? Tu choisis quel morceau ?

— Je dois vous avouer un truc avant.

— Tu n'as pas touché un piano depuis longtemps et tu es morte de trouille.

— Comment vous le savez ?

— Ben... je suis prof depuis une dizaine d'années, dont huit au Conservatoire. Et devin aussi, à mes heures.

Je rougis d'un coup. Il m'a trop bien cernée sur ce coup-là.

— Vas-y, joue quelque chose. Ce que tu veux, ce que tu aimes, ce qui t'emporte.

Je caresse les touches blanches et lisses du bout des doigts pour les apprivoiser à nouveau.

— Je me souviens de la *Sonate n° 12* de Mozart. Un peu...

— Parfait, je t'écoute.

Je ferme les yeux, respire un bon coup et me jette à l'eau, sans filet, sans gilet ni bouée. Je fais des tas de fausses notes et d'erreurs, c'est horrible, un vrai massacre, surtout au début. Mais je tiens bon jusqu'à la fin du morceau.

Alex aurait honte de moi ou rigolerait, au choix, en me voyant écraser si maladroitement les notes.

Tout sort en désordre, pêle-mêle. On dirait un miroir de ma vie intérieure, totalement sens dessus dessous.

Randal ne dit rien. Il se sert un thé pour ne pas craquer en m'écoutant. Il a sans doute envie de mettre des boules Quies ou de me demander d'arrêter, mais il supporte mon interprétation désastreuse. Pauvre de lui, et pauvre Mozart aussi.

Lorsque la dernière note tinte dans la salle, il y a un immense silence, alors que j'entends des tas de mots virevolter dans mon cerveau. Puis je me lève et, d'un geste incontrôlé, je tape un grand coup sur la table en bois. Une fois, deux fois, trois fois…

— C'est nul ! Je ne sais plus jouer. Je ne jouerai jamais plus comme avant. Rien ne sera jamais plus comme avant.

Je tape encore, du poing cette fois, et je crie aussi. Randal aurait mieux fait de les mettre, ses foutues boules Quies.

Pourtant, il attend, impassible.

Lorsque je fonds en larmes, il s'approche et me tend une tasse d'un geste apaisant :

— Un thé ? Le même que la dernière fois ?

— Oui mais…

— Mais ?

— Vous ne dites rien ? Pourquoi vous me parlez encore de thé ? J'ai joué comme….

— Comme quelqu'un qui aura besoin de temps. Voilà le deal, Rhéa. Ton examen de fin de troisième cycle est dans huit mois. J'ai la date sur ce formulaire, attends, je regarde : c'est le… quinze mai.

Je me lève si brusquement que je renverse le tabouret de bois.

— Le quinze mai, ce ne sera pas possible. Non. Pas le quinze mai ! Pas cette date, non. J'y arriverai jamais. Non, pas la date anniversaire de…

Je m'interromps et lutte contre le tsunami qui monte en moi, en m'arrachant le cœur et les tripes.

— Rhéa, je te laisse jusqu'au prochain cours, jeudi à 19 h 30, pour réfléchir. Si tu reviens me voir, je t'aiderai à réussir cet examen, si c'est bien ce que tu veux.

— Je ne sais plus trop ce que je veux.

— En tout cas, tu es venue aujourd'hui : tu n'y étais pas obligée, il me semble, non ?

Randal me regarde et passe ses mains sur son jean délavé. Il hésite, puis lance :

— En dehors du Conservatoire, je donne des cours particuliers à des jeunes comme toi qui, pour une raison ou une autre, ne peuvent pas reprendre les cours de façon classique. Alors, je sais bien qu'on ne se connaît pas, qu'il faudra que tu réfléchisses et que tu en parles à tes parents, mais c'est une solution que je te glisse à l'oreille.

Au creux de moi, quelque chose se libère un peu. Soulagée, je murmure :

— Je vais essayer de discuter avec ma mère. Je vous préviens, c'est pas gagné.

— Il faudrait qu'on se rencontre, elle, toi et moi, qu'en dis-tu ? Pourquoi pas ce jeudi ?

— Oui.

Je me lève, hésitante. J'entends déjà ma mère tempêter et argumenter, et ça me fatigue d'avance.

— Tu crois que ta mère sera disponible ? dit Randal en se mettant debout lui aussi.

— Je ne connais pas bien ses horaires, mais je vais le lui demander.

— Très bien. À jeudi, Rhéa, prends soin de toi.

# Igor

QUAND JE NE SUIS PAS AU CENTRE HOSPITALIER, je suis chez Mme Jacquelin. Spécialisée dans les grands traumatisés, elle me reçoit depuis que je tiens à nouveau debout. C'est ma mère qui a insisté, sous prétexte que « de l'intérieur aussi, il faut s'occuper ». Chaque lundi après-midi, elle me conduit jusqu'à la porte de la maison de maître avec la jolie plaque dorée :

*Bénédicte Jacquelin*

*Psychothérapie cognitivo-comportementale*

*Prise en charge traumas et ESPT*

J'entre seul dans le cabinet et je reste quarante-cinq minutes dans un fauteuil un peu trop mou, face à cette femme aux cheveux poivre et sel. Pendant ce temps, ma mère fait soi-disant quelques courses. Je sais qu'elle m'attend dans la voiture. On a abandonné les séances à plusieurs. Un grand fiasco où explosaient larmes et cris, tandis que je partais ailleurs, trop loin pour entendre ce que mes parents étaient en train d'expliquer pour se justifier.

La première mission de Mme Jacquelin a été de rendre mes trajets en voiture supportables et de diminuer « leur caractère anxiogène ». Hors de question de revivre l'angoisse de ma sortie d'hôpital. Quand je me suis retrouvé sur le parking, près de la grande porte vitrée, et que j'ai vu le nouveau coupé noir, j'ai paniqué. À tel point que j'ai refusé d'y monter. On m'a ramené chez moi en ambulance, le cœur déchaîné et le pouls accordé aux pin-pon. Des trajets en bagnole, il y en aurait des tas pour me conduire à mes consultations. Je n'avais pas le choix. Prendre les transports publics quand on n'a plus rien en commun avec les autres, ça aurait été encore pire. Il fallait se débarrasser de mon « trauma », un autre mot que j'ai ajouté à mon dico ces derniers mois.

Au fil des discussions avec Mme Jacquelin, ma phobie s'est atténuée. J'ai d'abord accepté de m'installer sur la banquette arrière, derrière les vitres teintées, à condition que ma mère soit au volant. Et le jour où je me suis remis au piano, je me suis assis à l'avant. La thérapie avait fonctionné et, avec la psy, on est passés à la mission suivante. Un gros morceau. Mon père, évidemment.

— Avez-vous entamé le cahier dont nous avions parlé ?

Mme Jacquelin ne se résout pas à me tutoyer. Sans doute une des règles qu'elle applique à la lettre pour se donner l'air professionnel.

— Pas vraiment.

— Vous avez essayé ?

— Je ne sais pas quoi écrire dedans. C'est un truc de nana de raconter sa vie.

— Il est sans doute possible de vous l'approprier.

— Je ne pense pas.

Elle ne se démonte pas. Elle est habituée à mes refus et mes haussements d'épaules.

— Vous pouvez y inscrire ce que vous voulez sous la forme qui vous convient.

— J'ai pas envie.

— Pas de souci. C'est comme vous voulez.

Quand je rentre à la maison, je monte dans ma chambre et, pour évacuer ma tristesse, j'ouvre le cahier bleu et j'inscris, en haut de la page quadrillée :

Mes souvenirs heureux

Il me reste pas mal d'années à tirer avec ma tronche dévastée. Je ne veux pas oublier qui j'étais ni ce que j'ai vécu avant l'accident. Je souhaite garder à l'esprit chaque instant de joie, chaque moment anodin ou exceptionnel qui me rappelle que je n'ai pas toujours été comme aujourd'hui. Je commence ma liste :

- La première balade au bord du lac avec Soline
- La soirée pour les 15 ans de Joachim
- Le voyage au ski en 4e
- L'audition « Jeunes talents »
- Les fous rires avec Bastien qui m'imite au piano
- Chanter faux et à tue-tête les chansons du livret d'opéra qu'on avait piqué à Mme Heimrich
- Les vacances à Corfou
- Les impros piano-saxo avec Soline, dans la grande salle déserte du Conservatoire

Une larme glisse de mon œil gauche jusqu'à mon cou. Mme Jacquelin n'a peut-être pas que des bonnes idées.

# Rhéa

Je n'aime pas ce nouveau lycée de bobos intellos. Lycée Fauré. Beurk. Je m'ennuie. Ma classe « à horaires aménagés pour le Conservatoire » me déprime. Je n'ai pas envie de parler aux élèves. Ils sont débiles avec leur course à la meilleure note. Heureusement que je ne les vois que cinq heures par jour. Le reste du temps, c'est chacun pour soi avec son prof de musique ou de danse. Tant mieux.

Au début, ils ont essayé de sympathiser, mais comme je les ai repoussés, ils se sont lassés. Normal. Je n'ai rien à leur raconter, leurs petits soucis me saoulent, leurs conversations sur FB ou Twitter encore plus. Comment peut-on dire qu'on est au bout de sa vie parce qu'on n'a pas trouvé la nouvelle veste en daim noir qu'il faut ? Ou parce qu'on n'a pas été invité à la soirée-jacuzzi de Théo ?

La seule matière où je m'en sors, c'est le français parce que je n'ai pas besoin de travailler. Ça coule tout seul.

Mes notes sont excellentes. Et en anglais, je surnage aussi, ce n'est pas le feu d'artifice mais je maintiens le niveau, parce que j'aime bien et que je veux me débrouiller *all over the world* le jour où je voyagerai loin de tous ces gens qui n'y comprennent rien.

La prof de français est épatée, elle n'arrête pas de me féliciter. C'est bien la seule, les autres passent leur temps à me menacer de redoublement alors qu'on n'est qu'au mois d'octobre. C'est pire qu'à Saint-Sta, où les profs s'affolaient et sortaient le drapeau rouge au mois de janvier seulement. Comment vais-je tenir toute une année dans cette nouvelle prison ?

Je n'en peux plus, je n'y arrive plus. Savoir si j'aurai un point de plus que ma voisine de table au prochain DS de maths, envoyer un snap avec ma tête en ours polaire, pouffer parce que l'ex-copine de Matthéo est sortie avec le futur-ex de Claire, se moquer du prof d'espagnol et de son cheveu sur la langue, c'est trop pour moi, ça ne m'intéresse plus. Mon esprit s'évade, loin, très loin, il prend le train. Je suis seule avec mes pensées et mon chagrin. Juline et Louise me manquent aussi, je ne veux pas les remplacer, personne n'arrivera jamais à la hauteur de mes amies de cœur.

Quant aux garçons, là, ce n'est même pas la peine. Certains me regardent, voudraient bien lier contact et plus si affinités, mais il n'en est pas question. Jamais.

Jamais jamais jamais.

Personne ne prendra la place d'Alex dans mon cœur. Je l'aimerai toute ma vie.

D'où il est, il n'a pas besoin d'être jaloux : je ne le remplacerai pas. Lui et moi, c'est comme Juliette et Roméo, unis au-delà de la mort, et plus encore.

Les paroles des textes qu'il écrivait me sidéraient. Sa façon de me regarder en me fixant, la tête un peu penchée, quand il chantait en s'accompagnant de sa guitare, me faisait fondre. Souvent ses mots me donnaient des coups de couteau. Je me souviendrai toujours de son texte sur les enfants sans nom, en Chine. Il parlait d'une petite fille qui n'avait aucune légitimité parce qu'elle était la deuxième enfant de la fratrie.

— Elle n'existe pas, elle n'a pas de place dans la société, Rhéa. T'imagines ?

Je n'avais pas compris pourquoi ça le chamboulait autant ni pourquoi ses doigts pinçaient les cordes avec autant de violence. Maintenant, j'y vois plus clair, mais c'est trop tard.

Parfois, je riais aux larmes quand il faisait des impros tellement réalistes. Il avait un sens si aigu du détail que le moindre petit travers donnait lieu à une super imitation d'une personnalité politique ou artistique qui l'agaçait. Une façon sans doute d'exorciser ses angoisses. Tout l'intéressait, mais tout l'inquiétait aussi. Le chômage. Le réchauffement climatique. La montée de l'extrême droite. La radicalisation. Le non-respect des droits de l'homme. Les attentats. La corruption des partis politiques. La déforestation. Les espèces en voie d'extinction.

— Tu réfléchis trop, Alex. Tu écoutes trop les médias. Ta tête va exploser avec toutes ces questions.

— On ne réfléchit jamais trop. Et puis je n'y peux rien, ça vient tout seul.

Maintenant, c'est moi qui reste avec ces tonnes de questions sans réponse, comme si un gigantesque point d'interrogation était à jamais gravé dans mes tripes.

En plus, ma mère est toujours sur mon dos. Elle a pété les plombs quand je lui ai parlé de la suggestion de Randal. Tout y est passé. J'ai eu droit à :

— Tu es comme ton père, pas capable de tenir une promesse et d'aller jusqu'au bout d'un engagement.

— Tu vas me faire mourir de chagrin à force de te rebeller et, si ça se trouve, j'aurai des cheveux blancs à la fin du mois tellement je me ronge les sangs pour toi. Tu es pire que tes frères.

— Tu ne crois quand même pas que je vais te payer des cours particuliers avec un homme inconnu. Si ça se trouve, c'est un pervers qui utilise le chagrin des ados pour les manipuler.

Bref, je ne sais pas comment je vais la persuader de venir au rendez-vous, parce que là, c'est le blocage total. Pire que sur l'autoroute A7 un samedi noir de juillet. Point mort.

Pour finir, elle a balancé :

— Arrête de te recroqueviller sur toi, Rhéa, souris un peu ! Alex n'est plus là et c'est absolument désolant, mais tu ne peux pas t'enfermer dans ton chagrin et nous l'imposer.

— Si, je peux.

Elle a hésité :

— Si Alex tenait autant à toi… pourquoi il a fait ça, alors ?

Je ne lui pardonnerai jamais ces mots. J'ai claqué la porte derrière moi. Comme souvent ces derniers temps.

Elle m'énerve, je ne la supporte plus, mais je ne peux pas faire comme tous les autres enfants de parents divorcés, moi. Impossible de lui hurler : « Je me fiche de ce que tu dis, le week-end prochain je suis avec papa et, avec lui, c'est beaucoup plus cool qu'avec toi ! »

Alex disait qu'il vaut mieux un père absent qu'un père présent qui fait semblant de l'être. Oui, je sais, au moins on n'attend rien, mais c'est dur de ne rien savoir de lui et, surtout, de se demander pourquoi mes frères et moi ne l'intéressons pas. On est si nuls, tous les trois ? On vaut quoi ? Je n'ai aucune réponse à cette question, car ma mère a toujours été incapable de répondre à mes interrogations de petite fille. Elle n'a jamais su pourquoi mon père était parti. Il lui a dit qu'il n'avait rien à lui reprocher et il a claqué la porte.

Un, deux, trois, basta.

Moi, j'ai fait pareil du coup. J'ai claqué la porte de mon cœur.

Un, deux, trois, basta, plus de papa.

Parfois, je voudrais être un oiseau comme Alex et voler avec lui. Pour échapper à tout ça.

# Igor

Aujourd'hui, Obama pète la forme. Il papote depuis ce matin et réclame Fred autant qu'un gosse qui attend le Père Noël. Je me force à répéter mon morceau toute la matinée. Quand je le joue devant Fred, il m'applaudit.

— Super, Igor ! Tes efforts payent. Aucune accroche.

— Merci.

Ses compliments valent toutes les crèmes réparatrices du monde.

— On va pouvoir laisser un peu Satie.

— J'aimerais bien travailler aussi la première *Gymnopédie*.

— Pas besoin de moi pour ça.

— Tu crois ?

— Mémorise-la, reste attentif au déplacement de ta main gauche, surtout quand tu attaques la cinquième mesure, et ça devrait aller. Prépare-la les jours où je ne viens pas et, si tu bloques, on regarde ensemble. Ça te va ?

— J'ai encore du mal à m'y mettre sans toi.

— Ça va passer. Retrouver un équilibre demande autant d'envie que d'autodiscipline.

— Et un chouette coach ! Tout seul, je me demande souvent à quoi ça sert de m'acharner.

— Ça ne te fait pas de bien ?

— Si, mais c'est pitoyable d'avoir un perroquet pour seul public.

— Merci pour moi !

On rigole et Obama participe à sa manière à nos éclats de rire.

— Tu ne joues jamais pour tes parents ?

— Non. Tu sais bien que c'est hors de question.

Fred rassemble ses partitions et fourre son thermos vide dans sa mallette.

— Peut-être qu…

— Non.

— Tu n'as même pas écouté ma phrase jusqu'au bout.

— Tu vas me parler du Conservatoire et de mon diplôme.

— Oh que non !

— C'est pour que je termine mon cycle que maman t'a engagé.

— Elle ne m'a pas engagé. J'ai choisi de te donner de mon temps.

Je ne trouve rien à redire. Fred est l'unique personne qui s'occupe de moi sans réclamer d'honoraires. Soudain, j'ai presque l'impression de valoir la peine.

— À jeudi, Igor. Sois en forme, j'ai une proposition à te faire. Elle ne concerne que nous deux, ne te tracasse pas.

# Rhéa

*Oh my God*, c'est un miracle : ma mère est ok pour les cours particuliers avec Randal.

Tout à l'heure, on a quitté l'appartement sans se dire un mot, elle avait son regard buté des mauvais jours-où-c'est-pas-la-peine-d'oser-espérer-quelque-chose. En arrivant à l'entrée du Conservatoire, elle m'a fusillée du regard :

— Et tu me laisses parler, s'il te plaît.

Ce Randal doit avoir quelque chose de magique, parce que, dès qu'il s'est avancé vers elle et lui a tendu la main, elle a complètement changé d'attitude. D'habitude, je déteste quand elle fait ça, mais là, ça m'arrangeait plutôt.

On s'est assis, il nous a offert une tasse de son fameux thé des Poètes, peut-être qu'il est un peu chamane, si ça se trouve, et ils se sont mis à discuter. De temps en temps, Randal me demandait mon avis et je hochais la tête poliment, si bien que ma mère a fini par s'exclamer :

— Mais enfin, Rhéa, tu pourrais répondre quand on te parle ! Donne tes impressions, au moins !

J'ai failli lui balancer qu'elle m'avait justement interdit de le faire, mais je lui ai offert mon plus beau sourire et j'ai dit avec un ton de petite fille modèle version Comtesse de Ségur :

— Je suis d'accord avec tout ce que vous dites, monsieur Randal et toi.

Et voilà ! Trente minutes après, l'affaire est conclue. Apparemment, ils ont même trouvé un compromis par rapport au prix, ma mère est aux anges. Fred Randal viendra deux fois par semaine et, les autres jours, je suis censée travailler seule minimum deux heures.

Je commence les cours après-demain, à 18 h, et comme c'est samedi, elle pourra le surveiller, au cas où il s'amuserait à poser sur moi ses sales pattes de pédophile… Non, sans rire, je crois qu'elle ne le voit plus du tout, mais alors plus du tout de cette façon. Un bol de thé, un sourire, et hop ! disparus les soupçons !

À l'entendre, c'est quasiment le prof parfait. Moi, je redoute les premières leçons, mais je suis rassurée que quelqu'un m'aide à retrouver les notes et mon clavier. La musique m'a manqué et je commençais à paniquer de rester sur le bord de la route, sans courage ni envie.

Je vais jouer pour Alex, de tout mon cœur, et imaginer qu'il est dans la pièce, qu'il me regarde, qu'il se moque de mes erreurs, qu'il sourit de mes prouesses. Ça va me donner des ailes.

En rentrant, je me dépêche de prévenir Juline.

**Juline**
Cool !!! Ta mère a changé d'avis alors ?

**Moi**
Oui je crois qu'elle trouve le prof trop beau mdr

**Juline**
Aaah oui ça peut aider
Au fait, Ré... Il faut que je te parle d'un gars
Il me plaît mais j'ose pas aller le voir, il va me repousser

**Moi**
T'es folle ? T'es trop belle

**Juline**
Il a toutes les filles qu'il veut
J'suis pas assez bien pour lui

**Moi**
Ju c'est un ordre : demain tu vas lui parler !
Il s'appelle comment ?

**Juline**
Mathis

**Moi**
Hou c'est chou, contente pour toi ☺
Tiens-moi au courant ☺
À demain ma Ju, je t'aime fort bisous

**Juline**
Moi aussi ma Ré

Tout à coup, j'ai le cœur serré. Juline tombe amoureuse d'un gars que je ne connais même pas et je suis bien trop loin pour partager son bonheur avec elle, pour la voir rire bêtement avec ses yeux brillants, pour qu'on puisse avoir des fous rires ensemble à se faire pipi dessus.

**Est-ce que je suis en train de devenir ermite ?**

*Une adulte avant l'âge, toute ratatinée… Trop happy à l'idée de prendre des cours particuliers avec un prof, alors que mes copines font du shopping, sortent en soirées, s'amusent, aiment, dansent et font les folles.*

*Je ne suis plus la Rhéa marrante au langage acéré, dont les reparties faisaient mouche à chaque fois. Celle qui te faisait rire malgré tout, Alex.*

*J'ai l'impression de ne plus maîtriser ma vie, ça bouge trop vite pour moi.*

*Je m'éloigne de Juline et de Louise. Je suis sûre qu'elles t'ont oublié. Elles ont oublié les hurlements et les pleurs dans la cour quand on a appris la nouvelle, les profs pétrifiés, l'horreur, les gros titres des journaux, la marche blanche, l'enterrement, tes parents effondrés qui nous serraient les mains mécaniquement, le trou béant dans la terre au cimetière. Moi, je ne peux pas, ça me hante le jour et surtout la nuit. Ça grince en moi comme de vieilles clés rouillées.*

*À ces souvenirs s'ajoute mon inquiétude pour Jeanne. Plus de messages, plus de nouvelles d'elle. Est-ce qu'elle est en train de se noyer elle aussi ?*

*J'ai peur de moi, de cette Rhéa que je ne reconnais pas. Est-ce que je me suis vidée de ma vie et de mes envies, est-ce que tu les as emportées avec toi ?*

*Je crois que je ne sortirai plus jamais de ce trou noir, Alex. J'ai l'impression d'y être tombée avec toi.*

# Igor

Je dors tard. J'ai passé une mauvaise nuit, agitée par ce cauchemar qui mine mon sommeil. Moi. Mon père. Dans la rue. Il me suit et me pousse dans le dos. Il court, il court, il court. En riant très fort. Avec sa bouche énorme. Il accélère. Ses pieds vont aussi vite qu'une roue de voiture qui fonce sur le bitume. Je crie. Je hurle. Le mur est tout proche. Derrière moi, mon père s'en fiche, il se rue dessus en rigolant de plus belle. Je me le prends en pleine face et j'éclate, comme une grosse tomate qu'on aurait lancée. Ça dégouline, ça suinte, ça goutte. C'est la déconfiture. Mon père est plié de rire. Lui, il a évité le mur de justesse. C'est toujours au moment où il s'agenouille que je me réveille, couvert de sueur. Je m'assieds dans mon lit. Je calme ma respiration en parcourant du regard ma chambre plongée dans l'obscurité. Mon bureau où attendent les dossiers à compléter pour mes cours par correspondance. Le poster de *Quartier lointain* de Taniguchi. La citation de Confucius, « Une injustice n'est rien si on parvient à l'oublier », que Fred m'a calligraphiée. Ma couette parsemée de notes de musique, assortie aux rideaux. C'est ma mère qui les a cousus pour mes dix ans. Heureusement que plus personne ne vient chez moi, on me traiterait de cas soc' avec cette déco. Sans parler de mon pyjama. Comme je passe la plupart de mes journées allongé, j'ai opté pour le confort au détriment du style. Le style, maintenant, je m'en fous. Il ne fera pas oublier ma sale gueule.

Dans le cahier de Mme Jacquelin, j'ai tracé un tableau :

| | Lundi | Mardi | Mercredi | Jeudi | Vendredi | Samedi | Dimanche |
|---|---|---|---|---|---|---|---|
| 1. | x | x | x | | x | | x |
| 2. | x | | | x | x | x | x |
| 3. | | x | x | | x | x | |
| 4. | | x | x | | | | |

Si ma psy le savait, elle me dirait qu'il y a une amélioration : la semaine passée, seulement quatre nuits de cauchemars ! Super ! Et pour les derniers jours du mois, le suspense est à son comble. On verra ce que me réserve ce jeudi.

Je me lève à onze heures pour manger deux yaourts et une crème au chocolat. J'écrase une banane et j'émiette quelques biscuits. C'est un supplice de me nourrir. Finis, les steaks saignants, les pitas et les snacks improvisés.

Même les pizzas ne passent pas encore, à moins de laisser se dissoudre chaque morceau sur ma langue jusqu'à la nausée. J'ai perdu plusieurs kilos et mes muscles ont fondu. Mes multiples anesthésies et ma convalescence les ont transformés en pudding.

Je m'affale dans le canapé avec ma pile de mangas. J'ai entamé hier le premier tome des *Blessures nocturnes* et je compte dévorer la suite sans tarder. Obama se balance sur son perchoir et réclame la télé. Il suit avec entrain Euronews et une chaîne de fitness qui diffuse des cours de *bodysculpt* à longueur de journée. De quelques battements d'ailes, il encourage ces sportives qui ne suent jamais, malgré les séries d'abdos qu'elles enchaînent avec le sourire.

Ce perroquet, c'est ma seule compagnie. Je suis coincé entre quatre murs avec un amazone vert à front jaune qui connaît cent mots de vocabulaire, pendant que la plupart des mecs de mon âge se marrent avec leurs potes dans les couloirs du lycée. Plus pitoyable, tu meurs.

Obama a huit ans et il me survivra peut-être tant il a de l'énergie à revendre. Il est arrivé chez nous l'hiver dernier, dans son élégante cage arrondie au sommet. Mon père l'a déposée dans le hall en pestant contre Mme Debraque, une vieille et fidèle cliente qui lui avait légué « cette satanée bestiole » pour le remercier de ses bons et loyaux services lors de ses trois divorces. Quand le nouveau venu nous a salués d'un « *Hi everybody ! Yes, we can !* », ma mère et moi, on a éclaté de rire.

— Je vous préviens, il est hors de question de le garder !

On s'est jeté un regard complice, qui en disait long sur notre envie d'accueillir cet étrange oiseau dans la famille.

— Alice, je suis sérieux ! C'est temporaire. Le notaire m'a refourgué ce cadeau empoisonné sans me demander mon avis. C'est fou, hein ?

— Oui, mon chéri.

— Bien sûr, papa.

— « *Paaaapa !* »

— Vous entendez ça ? Ça va être horrible !

Obama s'était déjà pris d'affection pour son maître et répétait la fin de mes phrases. Dix jours plus tard, mon père ruminait dès que le volatile ouvrait le bec, mais ne parlait plus de lui trouver un autre foyer. Il avait compris qu'on lui en voudrait *ad vitam aeternam* s'il touchait à une de ses plumes.

Aujourd'hui, on est tous les trois soulagés qu'il comble les blancs de nos discussions préfabriquées. Il a l'art de briser la glace et de changer habilement de sujet quand la conversation se tend ou s'enlise.

— Ça s'est bien passé, ta journée, Igor ? Qu'est-ce que tu as fait de beau ?

— Comme d'hab.

— Tu as joué du piano ?

— Non.

— « *Menteur, menteurrrr !* »

— Obama ! T'es vraiment obligé de te mêler de ça ?

Il sifflote pour me montrer que mes reproches lui passent au-dessus de la tête.

— Du Satie ?

— Je ne me rappelle plus.

— Igor, je ne pose pas ces questions pour t'embêter, tu sais. Ça m'intéresse.

— Ah bon ?

— Igor, ne sois pas impertinent avec ta mère ! Elle ne t'a rien fait !

— Oui, t'as raison. ELLE, elle ne m'a rien fait !

Si j'avais encore mes deux joues, il me giflerait, je crois. Comme pour calmer l'atmosphère, Obama chantonne le générique du JT. Il est vingt heures et il a pris l'habitude d'écouter les nouvelles depuis que son homologue aux États-Unis a été remplacé. Ça le met hors de lui et il scande avec énergie les slogans des opposants de Trump.

À la longue, Obama parle de mieux en mieux anglais. Et nous trois, on ne se dit plus rien.

# Rhéa

On est samedi et je me lève vers 11 h, la tête en vrac et le moral bien au-dessous du niveau de la mer Morte. Je me traîne vers la cuisine. Si quelqu'un pouvait entendre la musique de mon cœur, ce serait celle de l'*Adagio* de Barber. Triste à en mourir.

Ma mère est partie au travail. Elle a laissé un mot sur la table :

*Peux-tu faire cuire des spaghettis pour le repas et vider le lave-vaisselle STP ?*

Tibère et César font une partie de PS4. Ils ne lèvent pas les yeux de l'écran et je ne leur dis pas bonjour non plus. Un vrai yéti dans sa grotte intérieure.

Je mets l'eau à chauffer, je range les plats et les couverts propres dans les placards. Les repas en famille deviennent une torture, manger commence à m'écœurer, heureusement qu'au lycée je peux échapper à cette corvée sans que personne ne s'en aperçoive.

Je grignote une pomme et un gâteau sec du bout des lèvres, puis je me réfugie à nouveau dans ma chambre. J'ai envie de voir personne et j'angoisse à l'idée que Randal m'oblige à parler. Je voudrais qu'on me laisse tranquille, avec mon pyjama froissé et mes cheveux décoiffés.

La journée s'étire lentement, très lentement. Je suis assise à mon bureau en train de me prendre la tête sur un exercice de sciences phy lorsqu'on sonne à la porte.

17 h 58. C'est lui !

Tibère court lui ouvrir et clame avec l'enthousiasme et le sans-gêne de ses onze ans :

— Bonjour monsieur ! C'est vous qui venez aider Rhéa parce qu'elle a des problèmes ?

— Bonjour, sourit Randal, amusé, tandis que je me recroqueville de honte au fond du couloir. Comment tu t'appelles ?

— Tibère.

— Eh bien, Tibère, je viens pour Rhéa, oui, mais pas parce qu'elle a des problèmes, bien au contraire : je suis là parce qu'elle est très douée et qu'elle a besoin d'un prof particulier pour devenir encore meilleure pianiste.

— Ah oui, comme un coach sportif pour la musique ?

— C'est ça.

— Rhéééaaaaa ! hurle mon excité de frère, alors que je suis à deux mètres derrière lui. Ton prof de piano est làààà !

— C’est bon, je suis pas sourde, Tibère ! Bonjour monsieur.

– Tu peux m’appeler Fred, si tu veux.

— Je… je sais pas.

— Bon, comme tu le sens, alors. Où est ton piano ?

— Dans le salon, par ici.

Alors que nous nous installons, ma mère rentre du travail. Soudain, je la vois avec d’autres yeux : elle me semble éreintée, malheureuse, éteinte elle aussi. Un fugace sentiment de pitié me traverse. Je sais que ma mère se coupe en quatre pour nous assurer une vie confortable, à l’abri du besoin. Ses obligations de directrice marketing lui pompent une grande partie de son énergie. Dommage qu’elle utilise celle qui lui reste à me faire des reproches.

Randal se lève et va à sa rencontre. Il lui serre chaleureusement la main :

— Je viens d’arriver, nous allions commencer la leçon.

— Parfait, répond ma mère avec un petit sourire bref et fatigué. Je suis dans la cuisine avec Tibère, nous ne vous dérangerons pas.

— Tu as d’autres frères et sœurs ? me demande Randal en se retournant vers moi.

— Oui, César, treize ans et insupportable, mais il est parti à son cours de judo.

— Tes frères jouent d’un instrument ?

— Non, il n’y a que moi. Apparemment, ça vient du côté de… mon père. Mon arrière-grand-père était soi-disant très doué.

— Il t'a fait un beau cadeau sans le savoir, alors.

Je ne réponds rien. J'aurais largement préféré avoir un père en cadeau, plutôt qu'un don au piano.

Fred Randal plante son regard franc dans le mien :

— Dans la vie, on ne choisit pas tous les paramètres. On prend ce qui vient, pas vrai ?

Je hoche la tête.

Randal sort un petit thermos de thé. Je n'y crois pas, il est accro ou quoi ?

Il sourit en voyant mes yeux étonnés :

— Tu en veux ? J'ai changé de thé : celui-ci s'appelle le « thé de la Symphonie ». Pas mal, non ? C'est un thé bleu-vert, qu'on appelle aussi thé Oolong.

Je hausse les épaules :

— Vous êtes prof de piano ou maître de thé ?

— Un peu les deux.

Cette fois, c'est cuit pour de bon. Je ne suis plus une ado, je suis une vieille mamie qui boit du thé. Ne manquent plus à ma panoplie que le peignoir et les bigoudis. Alex, où que tu sois, *help me please.*

Fred Randal ne semble pas préoccupé par mes états d'âme et me lance :

— Alors, cette *Sonate n° 12*, on s'y met ?

— Oui.

Voilà, je ne peux plus reculer, je dois y aller et ça va faire mal parce que je n'ai pas travaillé depuis la dernière fois.

Pourtant, les notes sortent beaucoup mieux. Seraient-ce les mots de Fred Randal qui résonnent en moi et me donnent envie de me dépasser ?

Je n'en sais rien, mais je crois que je suis heureuse que quelqu'un soit assis là, à côté de moi, et m'écoute jouer. Comme avant.

# Igor

— Comment vous sentez-vous depuis la dernière fois ?

— Ça va…

— C'est-à-dire ?

— Je ne sais pas.

En début de séance, je parle peu. Je n'ai rien à raconter à Mme Jacquelin puisque ma vie est immobile et le restera.

— De quoi avez-vous envie de parler ?

— De rien.

Quand elle sent que la séance patauge, ma psy répète la fin de mes phrases dans l'espoir que j'embraye. Et elle attend mes précisions sans se soucier du silence qui enrobe la pièce dénudée. Il ne l'impressionne pas, pas plus que mon visage défiguré. Les accidentés, c'est la majeure partie de sa clientèle. Elle sait qu'il faut être patiente.

— J'en ai marre de ressasser.

— Que voudriez-vous faire d'autre, Igor ?

— Être comme les autres !

Elle hoche la tête pour m'encourager à poursuivre.

— Je deviens dingue. C'est trop dur de rester seul et de passer mon temps à l'intérieur.

— Vous n'êtes pas seul. Vous *vous* sentez seul. C'est différent.

— Pourquoi vous jouez sans cesse avec les mots ? Ça change quoi à mon problème, ces questions de vocabulaire ?

— Je pense que ça aide à se décaler pour voir la situation autrement.

— La situation est pourrie, peu importe où on se place.

— Je comprends que vous le voyiez de la sorte.

Dès que je m'emporte, Mme Jacquelin me donne raison pour calmer le jeu.

— Et vos cours ?

— Lesquels ?

— Le piano.

— Fred passe plusieurs fois par semaine. Je suis encore loin du niveau que j'avais avant, mais ça revient petit à petit.

— Beaucoup de choses reviendront avec le temps.

— Au piano peut-être. Ailleurs, j'en doute.

— Pourquoi ?

— Mes journées sont toutes pareilles, sans intérêt.

— Depuis notre premier rendez-vous, je constate pourtant certaines modifications.

— C'est ça…

— Votre visage reprend vie à mesure des interventions. Vos lésions sont moins à vif et si vous essayiez de vous regarder, vous le remarqueriez.

— Je me regarde ! Simonis adore me poster devant son miroir.

— Je parle de vous regarder vraiment.

Elle insiste sur les deux dernières syllabes de sa phrase.

— Je veux pas.

— Je sais. Je le disais seulement pour que vous ne perdiez pas de vue cette éventualité.

Elle grimace devant cette expression bien mal choisie face à un ado presque borgne.

— Et vos cours par correspondance ?

— Ça m'occupe.

— Ça vous plaît ?

— D'étudier ? C'est ce que j'ai de mieux pour éviter de m'apitoyer. Je suis meilleur élève depuis que je ne vais plus à l'école. Au rythme où je travaille, j'aurai fini le programme de seconde avec beaucoup d'avance. J'aimerais réussir celui de première cette année.

— C'est un fameux objectif !

— J'y arriverai.

— Je n'en doute pas. Pourquoi voulez-vous aller si vite ?

— Pour passer mon bac et quitter la maison.

— Toujours cette idée ?

— Plus que jamais. Je vous l'ai dit, rien ne change.

— Et Fauré ? Des nouvelles ?

— Aucune.

Je mens. Il y a quelques jours, j'ai reçu un SMS de Joachim auquel j'ai renvoyé un « ça va, merci » qui n'invitait pas à poursuivre la conversation.

— Je n'y retournerai pas. Je préfère les cours par correspondance pour bosser à mon rythme.

— En effet, c'est plus facile.

— Plus facile ?!

Ma voix s'étrangle et Mme Jacquelin ne bronche pas, le dos calé dans son fauteuil confortable, ses lunettes en écaille vissées sur son nez bien droit, son calepin calé entre ses jambes croisées.

— Rien n'est facile, je vous signale ! Rien ! J'ai bien le droit de rester seul, à l'abri des moqueries.

— Tout à l'heure, vous vous plaigniez de votre solitude…

— Mais je ne suis pas si seul que ça !

— Ah bon ?

Bien joué. Je viens d'affirmer exactement l'inverse de ce que j'ai dit en début de séance. Mine de rien, elle m'a emmené où elle voulait.

— Nous en restons là pour aujourd'hui.

Quand je referme la porte pour rejoindre ma mère qui m'attend dans la voiture, ma dernière phrase se fraye un chemin dans ma tête. Je ne suis pas seul. Je n'ai plus d'amis, plus de copine, plus de visage, mais je ne suis pas seul. Il me reste Fred, et un perroquet bavard.

# Rhéa

J'AI EU 16/20 à mon DM d'espagnol sur *Julieta* ! Pourtant, j'ai tellement pleuré en visionnant le film puis en écrivant mon texte, accrochée à mon dictionnaire bilingue d'une main et à ma boîte de mouchoirs de l'autre !

Parfois, on dirait que la vie s'acharne à faire des clins d'œil, mais celui-là était plutôt une claque en direct.

Le film raconte l'histoire d'une fille, Julieta, qui prend le train. En face d'elle, un voyageur taciturne s'assied et essaie d'entamer la conversation, mais il la dérange et elle l'ignore. Alors, comme il voit qu'elle n'a pas envie de parler, il se lève et s'en va. L'acteur joue tellement bien, c'est dingue. Il y a tant de détresse dans ses yeux.

Quelques minutes plus tard, Julieta voit passer un cerf qui court sous les flocons de neige à côté du train… C'est poétique, beau, juste parfait. Et soudain, le train s'arrête brutalement : le choc. Bien sûr, on pense au cerf, on frémit, on s'affole.

Lorsque Julieta descend pour comprendre ce qui se passe, elle voit des hommes avec une civière et un corps allongé dessus.

C'est l'homme du compartiment avec qui elle a refusé de discuter.

Dans la suite du film, Julieta porte cette culpabilité en elle comme un fardeau. Elle se demande pourquoi elle n'a pas su donner à cet homme les quelques mots d'empathie et de réconfort qu'il demandait pour croire encore en la vie.

Ça m'a tellement impressionnée que j'ai encore fait cet horrible cauchemar.

### *Soy Julieta*

*Alex, je te vois courir vers les voies et te jeter dessus. Comme d'habitude, je suis derrière toi et je t'appelle, mais mes jambes sont lourdes, je n'arrive pas à te rattraper et je te regarde tomber. J'entends le fracas et les grincements et je pleure, pleure, pleure si fort que ça finit par me réveiller.*

*Je porte ça, Alex, et ça m'étouffe. Toutes ces phrases que je n'ai pas dites pour te rassurer, ces messages sur FB où tu évoquais clairement ton envie de mourir et que j'ai pris comme de la provoc, tes allusions que je jugeais malsaines quand tu parlais de tes derniers moments entre potes, et même ta façon de t'adresser à moi, trois jours avant, quand on était allongés dans ton vieux canapé.*

*Tu m'as dit :*

*— Tu crois que quand on est mort, on continue à veiller sur ceux qu'on aime ?*

*Et j'ai répondu :*

*— Pourquoi il faudrait attendre d'être mort pour veiller sur eux ?*

*— Parce que quand on est vivant, on ne sait pas toujours comment faire.*

*Et là, probablement parce que ça me gênait, j'ai dévié la conversation sur ce que m'avait raconté Louise un jour. Elle pensait que sa grand-mère était toujours auprès d'elle et qu'elle l'aidait à prendre des décisions dans les moments où elle était perdue.*

*Tu as souri, tu as posé ta tête sur mon épaule et on est restés là sans bouger, à regarder par ton velux les étoiles s'allumer une à une.*

*Pourquoi, Alex ? Pourquoi ? Je ne comprends toujours pas.*

*Quand tu as prononcé ces mots, j'ai ressenti un drôle de pincement au cœur, mais je n'ai pas creusé plus que ça. Par lâcheté, égoïsme, paresse ? Je ne sais pas.*

*Pardon.*

*Dis-moi que tu ne m'en veux pas.*

# Igor

C'est l'anniversaire de Fred. Quarante ans, ça se fête. Cette nuit, je lui prépare une surprise plutôt que de chercher le sommeil. Vers deux heures, je descends à la cuisine pour faire un gâteau au chocolat. Le premier de ma vie. Ça me prend du temps, bien plus que ce qu'indiquent les recettes de *Marmiton* et *Cuisine-facile.com*. Je n'aime pas cuisiner et, depuis que mes repas se réduisent à des bouillies, c'est pire. Pourtant, cette fois, ça m'amuse presque. J'hésite entre un moelleux et un fondant, un glaçage ou une déco avec des Smarties, un moule rond ou rectangulaire. Je me décide finalement pour un brownie aux amandes, plus dans mes cordes d'apprenti cuistot. Je fouille les placards et rassemble les ingrédients sur le plan de travail. Je suis pas à pas le tuto dégotté sur *Cakesparadise* et, à vrai dire, je m'en sors pas mal, si on ne tient pas compte des coquilles d'œufs égarées dans la pâte et de la farine renversée partout à force de fouetter trop vite.

Avant de me poster devant le four pour surveiller la cuisson, je lance la première *Gymnopédie* de Satie. Je l'interprète, assis sur le carrelage, les doigts posés sur un clavier imaginaire et les yeux rivés sur ma préparation qui lève lentement. Ce morceau, je le jouerai à Fred tout à l'heure. Chaque note doit être parfaite. Je l'ai appris en un temps record pour lui offrir en cadeau et lui annoncer, entre les lignes, que j'ai bel et bien repris le piano grâce à lui. La musique envahit le rez-de-chaussée, enrobée d'une odeur chocolatée. Ça sent si bon qu'Obama se réveille et s'exclame, en battant des ailes :

— « *Miam, miaaam, miam !* »

— Désolé, ce n'est pas pour toi, mon vieux. C'est pour Fred.

— « *Fred, Frrrrrred. Toujours Fred !* »

Après vingt minutes, le dessus de mon brownie se crevasse. C'est prêt. Je le dépose, tout chaud, sur une grille à gâteau, puis je le recouvre de film alimentaire. Je retourne les tiroirs à la recherche des deux grosses bougies utilisées pour l'anniversaire de ma mère et, dès que je mets la main dessus, je retourne me coucher, le cœur étonnamment léger.

Quand j'entre dans la cuisine ce matin, il manque un quart à mon gâteau. Des miettes se sont glissées sous la grille, un grand couteau trône au milieu de la table, à côté d'une assiette à dessert traversée par une petite cuillère recouverte de chocolat. Mon père, la bouche encore pleine, enfile sa veste en cherchant son porte-documents.

— Délicieux, ton gâteau, Igor. Tu devrais en faire plus souvent.

Je suis figé, les poings serrés et la gorge brûlante de colère.

— Ah, le voilà !

Il ramasse son attaché-case, sans me regarder, bien entendu. Et il sursaute quand je hurle. Je le traite de tous les noms pendant qu'il me demande de me calmer, d'arrêter de crier et de m'énerver comme un forcené. Il s'avance pour essayer de me contenir, mais je suis plus rapide que lui. Je tape des poings sur son bras droit, le plus fragile depuis sa double fracture.

— Ne me touche pas ! Ne me touche pas !

— Igor, ça suffit.

— Je te déteste.

— Mais, enfin, qu'est-ce qui se passe ?

Je tremble de partout et je crève de mal à la mâchoire. Des mois que je ne l'ai plus ouverte autant. Ça me lance des gencives au menton. Mon cœur est assailli par des battements bien trop forts et par une haine d'une puissance inouïe.

— Igor, explique-moi…

Je tourne la tête de gauche à droite, tandis que de lourdes larmes s'échappent de mon œil gauche et que mon nez coule. Je renifle et je gémis sous le poids d'une douleur qui m'écrase depuis trop longtemps. Comme d'habitude, il ne sait pas quoi dire ni comment réagir. Et, cette fois, ma mère n'est pas là pour sauver la mise. Elle est partie bosser sans toucher à mon brownie, elle.

— Dis-moi ce que j'ai fait...

Il prononce la fin de sa phrase en soupirant, tant il connaît la réponse que je vais lui fournir.

— Ce que j'ai fait aujourd'hui, Igor. Aujourd'hui seulement.

Sa voix m'ulcère. Je ne peux plus la supporter. Pas plus que sa présence, ses incompréhensions, ses plaintes et ses excuses. Je ne veux plus entendre ses clés dans la serrure, son pas dans l'escalier, ses éternuements le matin, sa respiration un peu trop forte quand il est désarmé. Je ne veux plus de lui. Plus du tout.

— Le gâteau.

— Quoi, le gâteau ?

— Fallait pas y toucher. C'était pas pour toi.

— Comment ça ?

— C'était pas pour toi.

Je recommence à hurler.

— C'était le cadeau de Fred.

— Je ne savais pas. Je suis désolé, Igor.

— Ça sert à rien d'être désolé. C'est trop tard.

Cette phrase, ce n'est pas la première fois que je la prononce. Avant de résonner dans cette cuisine où on reste plantés face à face comme des ennemis jurés, elle a retenti dans ma chambre d'hôpital.

— Je m'en veux à chaque seconde pour ton visage et je m'en voudrai éternellement, Igor. Je comprends ta colère, je l'ai déjà dit et répété. Si je peux faire quoi que ce soit pour l'atténuer, dis-le-moi.

— Je ne veux plus que tu sois mon père.

J'articule bien chaque mot, en le regardant droit dans ses beaux yeux qui s'embuent. Il détourne la tête et il file en claquant la porte d'entrée. Son porte-documents reste dans l'entrée et, moi, derrière le store pour assister à son départ. J'aimerais qu'il ne revienne jamais.

Mon père envoyait un texto lorsque son Audi A6 a percuté une camionnette stationnée à cheval sur le trottoir. S'il n'avait pas été distrait par son téléphone, il l'aurait évitée sans problème. À la place de quoi, le côté droit de notre voiture s'est encastré dedans. Et moi avec. Grâce à son airbag, mon père s'en est sorti avec quelques bobos. Le mien ne s'est pas ouvert, alors que j'étais à la place où l'impact a été le plus fort. On n'a jamais su pourquoi. S'il s'était déclenché, on aurait peut-être évité le pire, selon les flics. Moi, je pense qu'il aurait suffi de regarder la route pour s'en sortir. Juste regarder la route.

J'ai compris l'ampleur des dégâts une fois réveillé, à l'hôpital. J'ai demandé ce que j'avais et on a pris une grosse inspiration pour me l'annoncer. J'avais des douleurs atroces aux côtes et à l'épaule droite, mais elles étaient incomparables à côté de celles qui brûlaient mon visage.

Tout est allé si vite. Cette phrase bateau est vraie. Je n'avais pas eu le temps d'avoir peur. Ni de réaliser quoi que ce soit. Je ne me souvenais de rien, ni du choc ni du bruit infernal de la collision. Je n'avais aucune image, aucun son, aucune odeur. Pendant des semaines, j'ai lu et découpé les articles de journaux pour me fabriquer des souvenirs.

FAITS DIVERS 15/05/2016

ACCIDENTS DE LA ROUTE :

# UNE FAMILLE DÉCIMÉE !

**LA SÉRIE NOIRE CONTINUE SUR LES ROUTES DU DÉPARTEMENT**

**3 blessés graves et un mort dans une collision frontale.**

**Sortie de route mortelle : le conducteur présumé incarcéré.**

**Ivre, il s'endort dans sa voiture après en avoir percuté plusieurs.**

Des titres chocs, j'en ai une fameuse collection. Dès le début, ça a inquiété mes parents. Les soignants les ont rassurés. Ça arrivait parfois, chez les accidentés, c'était une manière de visualiser ce qui s'était passé. Même si ça mettait les autres mal à l'aise. À travers ces lignes sinistres et ces bagnoles écrabouillées, je cherchais mes souvenirs sans jamais les trouver.

Le jour où, sur les conseils de Mme Jacquelin, ma mère m'a montré le dossier avec les éléments de l'enquête, j'ai rangé ces articles morbides dans une pochette à rabats que je n'ai plus jamais ouverte, dans le dernier tiroir de mon bureau. J'avais désormais plusieurs photos en couleurs à disposition pour m'imaginer l'accident. En les observant, j'ai senti la fumée, et les sirènes des véhicules de secours m'ont percé les tympans. J'ai vu les flics dresser un périmètre de sécurité avec les bannières rouges et blanches, les sauveteurs accourir avec leurs dossards fluo, les pompiers s'activer avec leurs tuyaux et les civières glisser sur le macadam. J'ai senti des mains m'extraire des débris, le sang couler sur ma peau et les aiguilles entrer dans mes veines.

Le crash est survenu à moins de deux kilomètres de chez nous. Les statistiques prouvent que les accidents par manque de vigilance arrivent sur les parcours les plus banals, bien connus des victimes. On avait emprunté cette rue des milliers de fois et elle ne présentait aucun risque. On revenait du Conservatoire. C'était le printemps. Il faisait bon. Mon père avait dénoué sa cravate et retroussé les manches de sa chemise blanche. Baissé un petit peu la vitre. Connecté son téléphone à un câble qui fonctionnait mal. Il était énervé. Parce que le câble tombait sans cesse du tableau de bord. Parce ma répèt avait duré plus longtemps que prévu et que « l'heure, c'est l'heure ». Parce qu'il avait oublié un gros dossier au cabinet et qu'il avait encore un de ses collègues en ligne quand je m'étais assis sur le siège en cuir. Il m'avait fait signe de me taire et avait démarré avec nervosité. Sa conduite était sèche, à l'image de son caractère. J'avais mes partitions de Satie sur les genoux et elles glissaient au rythme des freinages et des accélérations.

Les minutes qui ont précédé le choc, je m'en souviens très bien. J'étais heureux et confiant. Je me sentais prêt pour mon examen de piano. Prêt pour le récital de fin d'année. Prêt pour prononcer à Soline les trois mots magiques qui transforment un simple coup de cœur en grande histoire d'amour. Avant d'entrer dans l'Audi de mon père, je l'avais embrassée. Je lui avais proposé qu'on la ramène chez elle puisque c'était sur notre chemin. Intimidée peut-être par la voix agacée de mon père, elle avait décliné mon invitation. Et elle avait eu raison. Il n'y a que le téléphone de mon père qu'on a retrouvé indemne.

# Rhéa

CE SOIR, JE BROIE DU NOIR.

*Julieta*, le train, Alex, moi et ma nouvelle vie toute pourrie… c'est pire que la *Valse funèbre* de Chopin dans ma tête.

Et puis il y a ce SMS de Jeanne qui m'achève.

**Jeanne**
Je suis hospitalisée depuis dix jours

**Moi**
Quoi ? Mais pourquoi tu me l'as pas dit ?

**Jeanne**
Ils viennent de me rendre mon portable il y a une heure
Tu as tellement de mal avec la mort d'Alex, je voulais pas en rajouter
Je fais des crises d'angoisse et puis j'ai pris des cachets
Tu en parles à personne, hein ?

**Moi**
Bien sûr que non ! Comment je peux t'aider ?

**Jeanne**
Je vais être suivie par une psy et on va faire une thérapie familiale
J'ai besoin de parler, la psy dit que mes parents n'arrivent pas à m'épauler parce qu'ils sont noyés dans leur chagrin chacun de leur côté

Je reste avec mon téléphone dans la main. Sidérée. Foudroyée. Anéantie, comme si je m'étais pris un obus dans l'estomac.

C'est la Terre qui tourne à l'envers, comme dans la chanson, ou bien c'est moi qui déraille, là ? Est-ce que Jeanne a voulu rejoindre Alex ? J'ai envie de mordre, de crier, de frapper. Non, Jeanne, pas toi ! Ne me laisse pas.

Quand Fred Randal sonne puis entre dans la pièce, il sent aussitôt ma détresse.

— Bonjour Rhéa, tu fais une drôle de tête, dis-moi ! Tu ne veux pas t'asseoir ?

Il a juste le temps de pousser une chaise sous mes fesses et je me laisse tomber dessus, les jambes coupées.

— Tu veux en parler ?

— Non.

Mon prof-de-piano-maître-de-thé ne dit rien de plus et sort son thermos, accompagné cette fois d'une boîte délicatement décorée de motifs asiatiques. À l'intérieur, il y a de drôles de petits gâteaux pliés de façon étrange. Il m'en tend un :

— Tu veux goûter ? Ce sont des *fortune cookies*, une spécialité chinoise. J'adore ça et j'en prépare, à mes heures perdues. Je te préviens, ne l'avale pas en entier, sinon tu vas manger le papier qui est caché à l'intérieur !

Il sourit en voyant mon air intrigué :

— Je t'assure ! La coutume veut qu'on y glisse des messages pour ceux qui vont les déguster. C'est très courant lors des fêtes ou du Nouvel An chinois.

— Et on fête quoi aujourd'hui ?

— Mon anniversaire. J'ai pile quarante ans !

— Oh pardon, je ne savais pas. Joyeux anniversaire alors... monsieur... heu, Fred !

— Ne t'excuse pas, tu ne pouvais pas le deviner. Bon, alors, tu le goûtes ce *fortune cookie* ?

Je coupe délicatement la pâtisserie en deux et retire le papier plié. Il est couvert de caractères chinois.

— Parce que, en plus, vous étudiez le chinois ?

— J'adore cette civilisation, son art raffiné, son écriture si philosophique et poétique. Tous les ans, je vais en Asie et j'y reste un mois pour m'imprégner au maximum de cette culture.

— C'est vous qui avez écrit sur tous les papiers ?

— Oui. Les citations sont de Confucius : je ne suis pas poète, mais j'aime calligraphier. Tu veux que je lise le tien ?

— Bien sûr, dis-je en le lui tendant, curieuse comme si j'avais de nouveau six ans.

Fred me fait la lecture de ces mots aux sonorités exotiques : j'ai envie de rire et en même temps je trouve ce langage très beau. Cela me fait penser aux imitations d'Alex, et mon cœur se serre.

Je marque un temps d'arrêt en croquant un morceau de gâteau pendant que Fred en choisit un aussi. Je le savoure, c'est délicieux. Je crois que je n'ai rien mangé d'aussi bon depuis très longtemps.

— Tu en veux un autre ?

— Oui, j'adore !

Pendant que je déguste mon deuxième *fortune cookie*, Fred lit son poème et, l'espace d'un instant, je m'imagine dans les rues d'un petit village chinois, près d'un cerisier en fleur.

Je reste songeuse. Ces poèmes sont remplis d'une très grande sagesse.

Le mien me fait frissonner : est-ce que la vie n'est qu'une série d'épreuves compliquées qu'il faut surmonter ? En tout cas, elle a si mal démarré pour moi que je ne suis pas certaine de sortir grandie de ce drame.

Fred me tire de mes pensées sombres en ouvrant le couvercle du piano :

— Bon, Rhéa, assez philosophé, je crois, on a du pain sur la planche. Cette sonate, tu l'as travaillée ?

— Oui, un peu.

— Alors je t'écoute.

Mes mains sont plus légères, elles courent sur le clavier. Même si j'accroche des notes que je ne devrais pas accrocher et que je ne suis pas aussi rapide que l'exige le tempo, ça n'a rien à voir avec la première fois où j'ai exécuté ce morceau en séchant mes larmes.

Alex serait fier de moi.

En me couchant, je repense à Jeanne, seule à l'hôpital, et je colle le petit poème de Confucius juste au-dessus de mon lit. Je le répète en boucle, comme un mantra, avant de glisser dans le sommeil.

### *Confucius*

*Oui, Alex, je sais, c'est bateau, mais il y a des phrases qui nous raccrochent à quelque chose de positif et nous font changer de point de vue.*

*C'est le cas avec celle de Fred, aujourd'hui, alors je la note ici.*

Nulle pierre ne peut être polie sans friction, nul homme ne peut parfaire son expérience sans épreuve.

*Tu vois, tu me disais que la vie c'était de la merde et j'avais beau t'expliquer que non, qu'on était sur Terre pour vivre des expériences qui nous feraient grandir… Toi, tu ne voulais pas m'entendre.*

*Ou peut-être que tu ne pouvais pas m'entendre.*

*Si seulement tu avais rencontré Fred…*

## Igor

FRED EST EN RETARD. Ça ne lui ressemble pas. D'habitude, il sonne pile au moment où la grande aiguille arrive sur le douze. Je le guette de la fenêtre de ma chambre. Je m'imagine le pire. Ce soir-là, ma mère a aussi cru que mon père et moi, on était simplement en retard. Elle nous a attendus, attendus, avant de partir en courant à notre recherche. Elle m'a expliqué qu'au moment où elle est sortie, une voix au fond d'elle lui a crié qu'un drame était arrivé. Ma mère connaissait très bien notre itinéraire et elle a foncé à notre rencontre. Très vite, elle a repéré les sirènes. Très vite, elle a compris que notre vie ne serait plus jamais la même.

Moi, je n'ai aucune idée de la route qu'emprunte Fred pour venir jusqu'ici. Et s'il tarde, je ne sortirai pas. Je ne fais une exception que pour mes rendez-vous médicaux. Mes parents pensaient que j'accepterais avec le temps de me rendre dans des endroits peu fréquentés.

— Au moins chez Papou !
— Non.
Mme Jacquelin leur a expliqué que c'était une réaction normale après un tel traumatisme, qu'il fallait la respecter et me laisser avancer à mon rythme. « Surtout, ne pas le brusquer », voilà ce qu'elle leur a conseillé en admettant effectivement qu'une telle décision était « intenable sur le long terme ».

À l'horloge, il est presque dix, et mes angoisses deviennent aussi encombrantes qu'un parapluie un jour de grand soleil. Qu'est-ce qu'il fiche ? A-t-il eu un problème ? S'est-il offert le luxe de ne pas travailler pour son anniversaire ? Non, il m'aurait prévenu. Il n'est pas du genre à se débiner, Fred. À moins qu'il commence à se lasser des cours particuliers ? Si ça se trouve, il pensait seulement me consacrer quelques heures par-ci par-là, pas autant chaque semaine. Je devrais demander à ma mère de le payer. Ou plutôt prendre dans mes économies. Je ne veux pas qu'elle se mêle de nos affaires, ni me sentir obligé de continuer le piano parce qu'elle allonge les billets. Décider ce que je veux ou pas, voilà au moins un truc auquel j'ai encore droit.

Un bref coup de sonnette me tire de mes pensées et efface d'un seul coup mes inquiétudes.
— Bonjour, Igor. Désolé pour le retard, mon cours précédent a un peu débordé.

— Pas de souci.

On traverse la cuisine où les bonnes odeurs de chocolat ont disparu. J'ai balancé mon brownie à la poubelle.

— Tu veux quelque chose à boire ?

— Merci, j'ai mon thermos. Mais prends-toi de quoi trinquer avec moi.

J'ouvre l'armoire et je choisis un mug blanc avec une grosse moustache noire.

— Sympa, ta tasse.

— Je ne savais pas que tu donnais d'autres cours particuliers.

— Ça dépend des périodes et du temps que j'ai. Vous deux, pour le moment, c'est juste ce qui me convient.

— C'est un élève du Conservatoire ?

— Pas du tout. Une jeune fille qui se remet au piano. Allez, au boulot. J'ai apporté une nouvelle partition.

— Écoute d'abord ça.

J'entame la première *Gymnopédie*. J'alterne sol et ré majeurs et, pendant trois minutes, je conserve ce rythme lent et douloureux qui a rendu célèbre cette œuvre de Satie. Je ne fais qu'un avec mon instrument. Je retrouve mes sensations et j'en ai des frissons. Une fois la dernière note lancée dans l'air, je pose mes mains sur mes genoux et je ne bouge plus. Pour savourer l'instant et le garder avec moi. Fred ne dit rien non plus. Il n'applaudit pas. Il ne commente pas. On pourrait croire qu'il a quitté le petit salon tant sa présence est discrète.

— Joyeux anniversaire, Fred.

Je me tourne vers le fauteuil où il est assis et je distingue dans ses yeux la brillance des larmes prêtes à couler. Il sait que je sens son émotion. Il ne cherche pas à la masquer ou à la minimiser. Il l'accueille à bras ouverts. Et soudain, à ses côtés, le cœur retourné par ce morceau et tout le reste, je suis content d'être là. En vie. Ça ne dure que quelques secondes, mais c'est déjà ça.

— Quel merveilleux cadeau, Igor ! Merci mille fois. C'était magnifique. Oui, vraiment magnifique !

Je suis intimidé par cette averse de compliments.

— Tu l'as appris très vite, n'est-ce pas ?

— Trois jours. Je voulais être prêt pour ton anniversaire.

— Mes quarante ans auront donc eu du bon !

— « *Gâteau, gâââteau !* »

En bas, Obama ajoute son grain de sel.

— Il n'y a pas de gâteau, Obama. J'ai seulement apporté quelques *fortune cookies*.

Fred sort de sa mallette la boîte d'Hua au couvercle décoré d'un envol de grues bleues.

— Il en reste trois. Un pour chacun. Ça ira, Igor ?

— Oui, trempé dans du thé, ça devrait passer.

— Je descends donner le sien à Obama avant qu'il ne fasse un scandale et on passe à la suite.

Je coupe mon biscuit en deux et, alors que je déplie la phrase calligraphiée logée à l'intérieur, j'entends mon perroquet réclamer le brownie que j'ai cuisiné. Je regagne le rez-de-chaussée pour le gronder d'avoir la langue si bien pendue.

— Arrête de raconter des bêtises ! Et tais-toi, sinon je mets le drap sur ta cage.

Fred rit car mes avertissements ne servent à rien.

— Il est plutôt têtu.

— Oui, quand il a une idée en tête, c'est l'enfer. Bon, tu me montres cette nouvelle partition ?

Avant de remonter, Fred tire le tiroir sous l'évier pour jeter à la poubelle la serviette dans laquelle il ne reste que des miettes du *fortune cookie* d'Obama. Et il comprend que ce satané oiseau disait la vérité. J'ai vraiment l'air stupide. Je rougis comme un gamin qui a fait une bêtise et je me justifie :

— Je t'avais préparé un gâteau au chocolat pour ton anniversaire et, ce matin, mon père en a mangé un bout. Je n'allais quand même pas te l'apporter comme ça, avec des bougies dessus.

Je ne réussis pas à cacher ma colère.

— C'est nul. Ça ne se fait pas de proposer un gâteau déjà entamé. Il a tout gâché.

Ma voix tremble et se brise.

— Viens là.

Fred m'attrape par les épaules et m'emmène au creux des siennes. Il pose sa main sur ma tête et l'amène dans son cou.

— Ça va passer, Igor, ça va passer.

Depuis l'accident, je ne me suis plus blotti contre personne. D'ailleurs, on ne m'y a jamais invité. À son tour, Fred m'offre un fabuleux cadeau.

# Rhéa

Ma mère est d'accord pour que je passe trois jours chez Louise, malgré mes notes pas top.

J'ai tellement hâte de les revoir, mes copines, et Jeanne aussi. La pauvre, elle suit des cours par correspondance avec le CNED. À son retour de l'hôpital, en classe, ça n'allait plus. Elle n'arrêtait pas de pleurer et de faire des malaises.

Je sais que je vais parler d'Alex avec elle, c'est la seule personne qui comprenne pourquoi la tristesse me colle autant à la peau après tout ce temps.

J'ai terminé de travailler sur la sonate de Mozart. Ça y est, je la maîtrise et j'ai envie de passer à un nouveau défi. Fred Randal m'a proposé de jouer à quatre mains avec lui. Je ne sais pas si ça va me plaire, mais je n'ai pas osé refuser.

Hier, il a apporté la partition de la *Fantaisie en la mineur* de Schubert. On a écouté une interprétation sur son iPod et là, je ne sais pas pourquoi, j'ai encore fondu en larmes. Le début du morceau m'a complètement secouée, j'avais l'impression que la musique me racontait quelque chose au creux de l'oreille. Ça m'arrive souvent, mais d'habitude je suis seule, je n'autorise personne à entrer dans mes émotions. Même Alex, je ne le lui ai jamais vraiment permis, et je le regrette tellement aujourd'hui. Peut-être que ça me dépassait, que ce qu'il racontait dans ses chansons me suffisait. Ça m'allait bien, au fond, qu'il parle des enfants-soldats, des femmes battues ou des requins massacrés pour leurs ailerons. Ce n'était pas vraiment nous, pas vraiment moi, pas vraiment lui.

Soudain, Fred a stoppé la musique et je suis allée chercher un mouchoir dans la boîte posée sur la table du salon.

— Vous perdez votre temps avec moi. Il vaudrait mieux tout arrêter.

— Tu as peur de quoi, Rhéa ?

— Mais de ce morceau ! Il est trop difficile pour moi, je ne maîtrise plus rien. Ça va être la cata.

— Tu oublies qu'on va le travailler ensemble et que je suis là. Tu n'es pas toute seule.

J'ai reniflé.

— On essaie, d'accord ? Tu as toutes les vacances de la Toussaint pour l'écouter, te l'approprier, et commencer à déchiffrer la moitié de la première page. Tu joueras la *seconda*, je m'occuperai de la *prima*, ça marche ?

J'ai été surprise : d'habitude, les profs se chargent de la *seconda*. Cette alternance de clés de sol et de fa m'a soudain semblé insurmontable.

— Si vous voulez tester mon niveau, vous allez être déçu, ça va être pitoyable.

— Je suis là pour t'aider, a répété Fred. En attendant, je te montre les premières mesures de ta partie, ok ?

Quand il a commencé à jouer, j'ai définitivement su que j'adorais ce morceau et que j'allais me battre et réussir à l'interpréter pour Alex.

Pendant que les mains de Fred dansaient sur les touches, je me suis évadée très loin. Cette musique m'a apaisée, bercée et j'ai eu l'impression qu'Alex me l'envoyait du Ciel, juste pour moi. Je pouvais presque entendre les mots qu'il murmurait.

# Igor

Je termine le dernier volume de *Blessures nocturnes* en écoutant la radio. J'ai toujours besoin de me mettre des tubes dans les oreilles avant d'attaquer l'apprentissage d'un nouveau morceau au piano. Je suis incapable de passer d'un compositeur à un autre du jour au lendemain. Et les chansons commerciales avec leurs refrains entêtants me servent de transition. « On va donner des vacances à Satie et travailler ce bon vieux Schubert », voilà ce que m'a annoncé Fred une fois que j'ai relevé la tête de sa chemise un peu chiffonnée. Schubert, c'est son chouchou. Il jouait un de ses *Impromptues* le soir où il a rencontré Hua.

Celui où j'ai embrassé Soline, c'était Adele qui chantait son célèbre *Hello*. Le morceau idéal pour un *slow*, tellement il est long. Joachim avait décrété que celui qui ne parvenait pas à emballer en six minutes vingt était vraiment un boloss. Cette soirée, avec mes potes, on l'avait attendue pendant des semaines. Ce vendredi-là, on était allés au supermarché faire le plein de bouteilles, de chips et de gobelets en plastique. Quand on était revenus chez Joachim, sa mère nous avait montré les guirlandes multicolores qu'elle avait accrochées d'un bout à l'autre de la pièce.

— Rappelle-nous, Joa, t'as quel âge déjà ? Quinze ans, c'est ça ?

— T'inquiète, Igor, les filles trouveront ça *cute* !

Il regardait toujours le bon côté de la situation, Joachim. Tout le monde l'appréciait. Bastien, lui et moi, on formait une belle brochette. Le bouclé, le brun et le blond. À nous trois, on attirait tous les regards des filles de Fauré. Joachim avait invité les plus canons et elles avaient débarqué dans des robes craquantes. Dans son immense garage, il y avait eu un monde et une ambiance de dingues, et on avait été les stars de la soirée. On avait passé un des plus cool moments de notre vie. Je n'ai pas oublié ces heures d'insouciance où je ne réalisais pas la chance que j'avais d'être trop mignon, trop drôle et sympa. À l'époque, ça me paraissait normal. Je faisais partie de ceux qui sourient pendant que d'autres se rongent les ongles, de ceux qui se marrent à la moindre occasion tant ils sont bien dans leur peau. Quand je m'éclatais ce soir-là, j'étais à des années-lumières de me douter que, trois mois plus tard, la mienne m'empêcherait d'être heureux.

*There's such a difference between us*
*And a million miles*

Soline détestait cette chanson d'Adele. Du coin de l'œil, elle m'avait observé danser avec Manon et Rebecca. Pendant ce temps, j'avais vérifié discrétos qu'une pointe de jalousie naissait sur son visage, puis j'étais enfin allé la chercher.

— J'ai gardé la meilleure pour la fin !

J'avais attrapé sa main et je l'avais emmenée avec moi sur la piste. Elle avait relevé ses cheveux ondulés et deux saxos noirs pendaient à ses oreilles. N'importe quelle autre fille aurait été ridicule avec ça, mais Soline était tellement belle qu'elle pouvait se permettre toutes les extravagances. Ses ongles étaient jaune électrique, assortis à ses baskets, et ses lèvres pulpeuses toutes prêtes à m'embrasser. Je n'avais pas attendu la fin du *slow* pour l'emmener dehors. On s'était assis sur un petit muret au bout du jardin, elle s'était glissée dans mes bras et m'avait demandé :

— Tu connais *In a sentimental mood* de Duke Ellington et John Coltrane ? Je kiffe trop ce duo.

— Tu me le feras écouter ?

— Ouais, tu vas adorer.

C'est devenu *notre* morceau et, très vite, Soline s'est mis en tête de le jouer à deux. Nos premiers essais n'ont pas été très fructueux. J'étais plus intéressé par sa jolie bouche que par la partition et elle préférait m'embrasser que jouer du saxo ! On a tout de même commencé à le répéter quelques jours avant l'accident. Elle voulait qu'on le présente lors du concert organisé par les élèves du Conservatoire pour fêter la fin d'année scolaire. Et elle rêvait qu'après, on aille en train jusqu'à la mer pour une journée en amoureux.

Ces projets sont loin derrière. Je ne parviens pas à déterminer si ces souvenirs me font plus de tort que de bien. Ils me peinent autant qu'ils réchauffent mon cœur déchiré par ce que j'ai perdu en un texto. Ce n'est pas une épithèse hémifaciale et une énième opération qui me rendront ma vie. Depuis la proposition du Dr Simonis, j'ai pesé le pour et le contre, tiraillé entre l'envie de croire que ça changera tout et le sentiment que c'est impossible. Il faut être lucide : épithèse hémifaciale ou pas, je ne m'assoirai plus jamais sous les étoiles avec Soline. Alors, c'est non.

# Rhéa

Je suis arrivée chez Louise. C'est étrange de me retrouver dans sa chambre où rien n'a changé à part les photos au mur. Elle a enlevé celle où j'étais en train de rire parce que Alex me chatouillait et l'a remplacée par une autre, où je suis avec elle, Juline et un énorme *milk-shake* avec trois pailles dedans.

Sur son mur rose poudré, il y a aussi de nouvelles photos de filles et de gars que je ne connais pas, ses nouveaux amis.

Louise passe sa main dans ses longs cheveux blonds. Ses yeux noisette soigneusement maquillés me sourient :

— Ils sont trop sympas. Je leur ai dit que tu venais pour trois jours et ils voudraient qu'on sorte manger une pizza au *Tony's* demain soir, ça te plairait ?

— Je sais pas, j'avais prévu de voir Jeanne.

— Tu sais, elle est devenue hyper bizarre, elle ne vient plus au lycée.

— Je suis au courant, on continue à se parler. Je ne l'ai pas oubliée, moi.

Louise sursaute, blessée par le sous-entendu de ma phrase.

— On ne l'a pas laissée tomber, Rhéa ! Elle s'est isolée dans sa dépression.

Elle insiste :

— Je t'assure ! Elle refusait de nous parler, elle pleurait tout le temps, c'était… gênant, tu comprends ?

— Non, je ne comprends pas.

— Rhéa, enfin ! Je sais que c'est horrible ce qui lui est arrivé, mais nous on a envie de continuer à rire, à vivre ! Pour Jeanne, même des mois après, c'était impossible. À la rentrée, on pensait qu'elle serait redevenue elle-même, mais c'était encore pire. Elle…

— Elle vous dérange, quoi.

Louise rougit, surprise par mon ton sec.

— Non, mais on n'ose plus parler de rien quand elle est là, on marche sur des œufs.

Je me retiens de lui dire : « Bien sûr que ça vous dérange. C'est bien plus facile de parler du nombre de RT ou du dernier conseil beauté d'EnjoyPhoenix. »

— Juline arrive vers quelle heure ?

— Dans vingt minutes. Je vais faire un petit tour dans la salle de bains. Tu es prête ?

— Oui.

Je la dérange, moi aussi. J'ai changé, et elle ne sait plus vraiment comment m'aborder sans me blesser. Quand elle m'a vue sur le quai de la gare, après m'avoir serrée fort dans ses bras, elle s'est exclamée :

— Tu as maigri, Rhéa ! Et tu es tellement… cernée ! Tu es fatiguée ?

— Je ne dors pas beaucoup, tu sais.

— Oui, tu me l'avais dit… Bon, eh bien, j'espère que chez moi tu dormiras comme un bébé !

En attendant Juline, je tente de me raisonner, je sens pourtant bien que la fissure dans notre amitié est en train de grandir. Louise est désespérément rayonnante et vivante, alors que je suis complètement éteinte à l'intérieur.

Avant, j'aurais adoré me pomponner dans la salle de bains avec elle, essayer des tenues osées, rire aux larmes en testant des maquillages improbables, lui faire les ongles, essayer le dernier eye-liner-qui-fait-des-yeux-de-biche et j'en passe.

Maintenant, affalée sur son lit, je n'ai envie de rien. Louise avance et moi, je fais du surplace. Quant à Jeanne, c'est pire : elle est en train de tomber dans un précipice sans fin et personne ne lui tend la main.

La sonnerie de la porte d'entrée retentit et Louise me crie d'ouvrir. Juline est là, ses cheveux châtain et bouclés ébouriffés par le vent, toute jolie dans une petite jupe en daim et un haut à dentelle. Nouveau pincement au cœur : avant, je connaissais toute sa garde-robe, de ses bottes à talons à son pull blanc en mohair en passant par sa petite robe noire trop sexy. Elle enlève ses lunettes où de minuscules gouttelettes de pluie se sont déposées, puis on se prend dans les bras et on fond en larmes toutes les deux.

— Ça va ? demande-t-elle en essuyant ses yeux. Tu es toute pâle !

— Oui, c'est ce que Louise m'a dit aussi.

— On va aller se prendre un *smoothie* hyper vitaminé, ça va te redonner la pêche.

— Super ! dis-je en forçant ma voix pour avoir l'air gaie.

Mes deux copines parlent comme des moulins à paroles pour tenter de noyer mon silence. Elles essaient de me faire rire et y parviennent parfois en racontant des anecdotes du lycée : leur prof de maths fou à lier, celui d'EPS, misogyne, le stagiaire d'anglais trop beau, tout y passe, tandis que je m'efforce de les convaincre que, ça y est, je suis redevenue la Rhéa qu'elles aiment et connaissent si bien.

J'ai l'impression de jouer une comédie monstrueuse, de réciter un texte appris par cœur, de porter un masque.

La mascarade continue lorsqu'elles insistent pour faire des photos marrantes en attendant les boissons que nous avons commandées. Je cherche une énergie monumentale au fond de moi pour sourire et avoir l'air de passer un moment extra, malgré toutes ces phrases qui sonnent faux, pire qu'un archet sur les cordes d'un violoniste débutant.

— Bon, et toi alors, le nouveau lycée, raconte !

— Il y a des beaux mecs ? demande Louise étourdiment.

— J'en sais rien.

— Et les leçons de piano, ça se passe bien ? reprend Juline.

— Oui, mon prof est génial ! On boit du thé et il m'a apporté des *fortune cookies* la dernière fois. C'est super bon, vous connaissez ?

Les filles semblent décontenancées par mon enthousiasme inattendu.

— Vous jouez du piano quand même, ou quoi ?

— Bien sûr. Il va m'apprendre un duo à quatre mains. Le morceau est superbe, mais compliqué, un vrai défi.

La fin de l'après-midi s'écoule plus sereinement ; je suis entre deux rives, entre deux vies, celle d'avant qui n'est plus là et celle d'aujourd'hui que je n'ai pas.

Il est plus de trois heures du matin. Mes écouteurs vissés sur les oreilles, j'écoute *Fix you* de Coldplay et je sanglote dans mon lit.

Les yeux me brûlent. J'étouffe. Où est ce fichu carnet ? Je le retrouve enfin à la lueur de mon téléphone.

***Plus rien sans toi***

When you try your best but you don't succeed
When you get what you want but not what you need
When you feel so tired but you can't sleep
Stuck in reverse.

*Depuis que tu es mort, Alex, cette chanson a pris tellement de sens.*

*Je fais de mon mieux pour repartir, mais j'y arrive pas. Je sais pas faire sans toi.*

*Moi aussi, je suis incapable de dormir alors que je suis si fatiguée, si fatiguée.*

When the tears come streaming down your face
When you lose something you can't replace
When you love someone but it goes to waste
Could it be worse ?
*(…)*

*Moi aussi, mes larmes coulent depuis que j'ai perdu quelqu'un d'irremplaçable.*

*Moi aussi, j'aimais quelqu'un qui est parti là où je ne peux plus le retrouver.*

# Igor

— Tu aurais pu me prévenir !

Ma mère rompt le silence qui pèse entre nous depuis que nous sommes sortis de la consultation avec le Dr Simonis. On a quitté les couloirs interminables de l'hôpital, sans s'adresser un regard ni un mot. Deux vies parallèles. Deux vies d'automates.

— De quoi j'ai l'air, franchement ?

Je ne lui fais pas l'affront de lui répondre : « Et moi donc ! » Elle est assez fâchée comme ça. Elle serre le volant comme si c'était mon cou qu'elle voulait tordre et elle change les vitesses avec rage. Depuis l'accident, ma mère n'a jamais haussé le ton envers moi. Elle soupire. Elle lève les yeux au ciel. Elle baisse la tête, tourne les talons ou claque des portes. Parfois, elle me demande de me taire. Rien de plus. Et quand ça a pété avec mon père à cause du gâteau d'anniversaire, elle est partie se balader pour éviter l'asphyxie de nos discussions plus nocives que n'importe quel gaz d'échappement.

Ces semaines de colère contenue éclatent. On n'entend même plus la radio ni le cliquetis du clignotant qu'elle déclenche chaque fois qu'elle double une autre voiture.

— Igor, je peux comprendre des tas de choses, mais ça, je n'y arrive pas ! Pourquoi tu refuses cette intervention ? Tu te plains tous les jours, oui, tous les jours de la perte de ton visage, et tu refuses d'en avoir un nouveau ?

Pour échapper à ses reproches, je fixe le rétro. Tout à l'heure, j'ai tenté de m'expliquer face aux sourcils froncés du Dr Simonis.

— Quelles sont tes raisons, Igor ?

— Je n'ai pas envie de subir une nouvelle intervention. J'en ai marre de souffrir pour rien.

— Pour rien ? s'est écriée ma mère.

— Madame, je vous en prie.

Le Dr Simonis s'est levé pour prendre plusieurs agrandissements photos dans l'armoire derrière lui.

— Igor, tu appelles ça « rien » ?

Il a étalé sur son buvard des peaux lisses et des pommettes impeccables. Il a baladé son stylo sur les contours de ces visages presque irréels.

— Le résultat est plutôt convaincant, tu ne trouves pas ?

— Je n'ai pas envie de ressembler à une poupée.

— Parce que tu préfères ressembler à…

Ma mère a démarré au quart de tour, mais s'est arrêtée juste à temps. Elle a toussoté et s'est étranglée, à croire que les mots sont restés bloqués dans sa gorge, qu'elle leur a interdit de sortir sans parvenir à les ravaler.

— Ressembler à quoi, maman ?

— Si tu changes d'avis, Igor, je suis là pour en rediscuter.

Le Dr Simonis s'est empressé de nous conduire vers la porte de son bureau aseptisé. Il est chirurgien, pas psychologue.

Dans la voiture, ma mère poursuit son monologue. Elle répète qu'elle a eu l'air idiote, que j'aurais pu la prévenir, qu'elle était à mille lieux d'imaginer que je refuserais.

— Ça pourrait nous permettre de reprendre le cours d'une vie normale.

— Ma vie ne sera plus jamais normale, comme tu dis.

— Elle pourrait s'améliorer. Je t'assure que ça ferait du bien à tout le monde.

— Je ne vais quand même pas accepter pour vous faire plaisir !

— Je m'en doute.

Ma mère ralentit et se range dans une file qui roule au pas. Les embouteillages aux abords des écoles battent leur plein.

— Tu es décidé à le punir encore et encore. C'est à cause de ça que tu as dit non.

Je reste impassible.

— Igor, regarde-moi !

Elle tire sur la manche de ma veste pour me forcer à tourner la tête. Quelques mèches de cheveux bruns traînent sur ses joues creusées par les nuits blanches de ces derniers mois.

— Combien de temps ça va encore durer, bon sang ? Combien de temps ? Tu n'as pas compris qu'en le punissant lui, tu te prives de plein de choses, toi aussi ?

Elle attrape un mouchoir dans le paquet qui traîne sur le tableau de bord. Je ressens son chagrin, sans réussir à la consoler. À la place, j'observe le compteur à l'arrêt et l'horloge qui indique 15 h 37.

— On va être en retard pour Fred.

— Ne t'inquiète pas, tu seras à l'heure à ton cours.

Elle manœuvre et s'engage dans une rue perpendiculaire au boulevard que l'on emprunte toujours pour rentrer à la maison.

— Qu'est-ce que tu fiches ?

— Je prends un raccourci, par là.

Par là, c'est Fauré. J'aperçois déjà l'énorme bâtiment blanc. La dernière fois que je l'ai vu, j'étais heureux et amoureux.

— Je ne veux pas qu'on passe devant Fauré. Pourquoi tu prends ce chemin ? On l'évite d'habitude.

— Il ne faut pas être en retard pour Fred.

— Tu le fais exprès ! Exprès !

— C'est toi-même qui l'as dit, Igor.

Plus on avance, plus ma ceinture de sécurité m'oppresse. J'ai l'impression qu'on m'a kidnappé pour me zigouiller au fond d'un hangar abandonné.

— Calme-toi. Personne ne te reconnaîtra.

— Peut-être, mais je n'ai pas envie de les voir, eux.

Sur le trottoir, des lycéens filent vers leur bus en papotant. Une fille marche, accrochée à son téléphone. Elle sourit bêtement à chaque message. Je parie qu'elle est amoureuse. Deux gars la bousculent, rigolent puis s'installent sur un banc pour s'allumer une clope. Je voudrais ne pas regarder cette vie qui grouille et que j'ai abandonnée, mais c'est plus fort que moi. Je reste scotché à leurs accolades et leurs éclats de rire. J'observe ce joyeux va-et-vient. Des sacs à dos de toutes les couleurs. Des potes en cercle qui se tapent dans le dos quand la blague est trop drôle. Des mains dans les mains, des bras dessus bras dessous, des filles craquantes dans leur slim et leur veste en simili cuir. Et j'ai mal. Au milieu de tout ça, Soline. Soline qui rayonne toujours autant et qui ne m'aperçoit pas, assis dans mon malheur à l'intérieur de cette bagnole. Ses yeux pétillent, ne se souviennent plus de moi.

— Courage, Igor, ce n'est pas si terrible que ça. Dans dix minutes, on sera à la maison.

# Rhéa

Je sonne à la porte blanche en essayant de maîtriser les tremblements de ma main. La maison d'Alex, je la connais par cœur et je n'avais pas imaginé combien ça me ferait mal d'y revenir. Les souvenirs m'assaillent : quand on se donnait la main en rentrant du collège, quand on se chamaillait, quand il m'embrassait comme si on ne s'était pas vus pendant des mois, quand j'arrivais à l'improviste le samedi matin et qu'il m'ouvrait, les yeux ensommeillés, en jogging et chaussettes dépareillées.

La voix de sa mère me tire de mes pensées :

— Oh, Rhéa… bonjour ! Jeanne m'avait prévenue que tu allais passer. Entre !

— Je suis là pour trois jours et je tenais à la voir.

Les grands yeux noirs d'Émilie s'embuent. Elle me dévisage avec compassion, mais ne fait aucune remarque. Elle a tellement maigri aussi ! Ses yeux sont cernés, elle a des tics nerveux autour de la bouche et elle est habillée avec une veste polaire noire trois fois trop grande pour elle.

Jeanne apparaît soudain derrière elle, plus que l'ombre d'elle-même. On se regarde sans dire un mot. Trois fantômes abîmés dans leur chagrin autour d'un spectre disparu. Pas une pour relever l'autre.

Jeanne passe son bras autour de mes épaules et m'entraîne dans sa chambre. Je remarque avec effroi les marques rougeâtres et boursouflées sur ses poignets lorsque la manche de son pull se relève.

— Je n'ai pas voulu t'en parler. J'ai préféré te dire que j'avais pris des cachets. C'est plus *soft*, hein ?

Un frisson me parcourt, j'ai la tête qui tourne et je dois m'asseoir. Jeanne reprend d'une petite voix :

— Alex était tout pour moi, je l'adorais. Je ne veux plus vivre s'il n'est plus là. Tu comprends, Rhéa ?

Je sais ce que Jeanne ressent et, avec elle, je n'ai pas besoin de faire semblant d'être celle que je ne suis plus.

— T'es en colère contre lui, Jeanne ?

— Oui, parfois. Je ne comprends pas et je me sens coupable aussi. Je voyais bien qu'il était triste. Ses notes dégringolaient, il ne se sentait plus à la hauteur, il s'angoissait pour son avenir. Mais on n'en a pas discuté ensemble. Il était devenu tellement secret, on se confiait moins de choses qu'avant.

J'hésite :

— Tu as fouillé dans sa chambre ? Il a peut-être laissé un mot, une lettre ? Je ne peux pas croire qu'il se soit suicidé pour de mauvaises notes.

J'insiste :

— Je peux aller voir ? J'en ai besoin. J'ai regretté de ne pas avoir eu la force de le faire avant de partir.

— Si tu veux. La pièce est restée intacte, mon beau-père a voulu la transformer en bureau, mais après la crise de ma mère, personne n'a plus jamais osé y toucher. Tu sais, on a cherché nous aussi, mais on n'a rien trouvé. Alex n'a laissé aucun message.

Quand je pénètre dans la chambre d'Alex, je tremble des pieds à la tête. J'aimerais que Jeanne me laisse seule, mais elle s'accroche à moi comme à une bouée de sauvetage et je n'ai pas le cœur de la repousser. Sur le bureau en fouillis, il y a un livre d'histoire encore ouvert à la page de la Première Guerre mondiale, et un stylo sans capuchon est posé sur son devoir pas terminé. Ses baskets traînent au pied du lit à côté de son pull noir que j'aimais tant, des pochettes de CD et de ses dessins. Plein de dessins. Parce que son coup de crayon était aussi bon que ses compositions.

Je tressaille. « Notre » photo est accrochée au-dessus du lit. Je contemple cette fille rayonnante, aux longs cheveux auburn et aux yeux verts, et ce garçon brun au regard intense. J'ai envie de leur crier :

« Arrêtez de sourire, espèces de naïfs ! C'était une mascarade, tout ça. Du vent. Ça n'a servi à rien. Plus rien ne sert à rien. »

C'est insupportable à regarder. Incompréhensible aussi. Je détourne la tête et ravale mon chagrin. Je ne peux pas craquer devant Jeanne, elle est si fragile.

La couette d'Alex est jetée en boule et sa taie d'oreiller froissée. On a l'impression étrange qu'il n'est jamais parti et que, dans deux heures, il sera là, de retour parmi nous. J'ai envie de m'enrouler là et de ne plus bouger, de devenir une momie pour l'éternité.

Sur son vieux canapé, ses partitions s'étalent et sa guitare repose sur son pied, orpheline. Le temps s'arrête. Je ne sais pas combien de minutes on reste là toutes les deux, sans parler.

— Les filles, vous êtes où ? Je sors faire des courses.

— Ici, maman, répond Jeanne en s'élançant hors de la chambre comme si elle avait fait une énorme bêtise.

Émilie me regarde d'un air inquiet en me voyant immobile au milieu de la pièce. Elle pose sa main sur mon épaule :

— Tu veux emporter quelque chose, Rhéa ? Je suis désolée, je n'ai jamais pensé que tu… que tu voudrais un souvenir, toi aussi.

— Oui, j'aimerais bien. Merci. Alex m'avait offert des cadeaux, mais ce n'est pas pareil. Je voudrais quelque chose qui lui a appartenu.

— Je te laisse choisir. Dis-moi simplement ce que tu as pris, d'accord ? Jeanne, c'est l'heure de tes médicaments, tu viens ?

Je me retrouve enfin seule. J'enfouis mon visage dans la penderie, presse l'oreiller contre moi et laisse mes larmes couler dessus. Je décide d'emporter l'écharpe qu'il a portée pour la dernière fois avant le drame. Ce n'était pas sa préférée, celle-là est morte sur les voies avec lui, mais il l'aimait beaucoup.

Je redescends l'escalier et tends mon souvenir à Émilie qui acquiesce, puis se détourne. Je ne peux même pas imaginer sa douleur. Est-ce que perdre un enfant qu'on a porté, aimé, élevé est une souffrance pire que la mienne ?

Jeanne et moi regardons, pensives, sa voiture sortir de l'allée et s'en aller.

— Je vais au cimetière tous les jours. Tu veux m'accompagner ou ce sera trop difficile pour toi d'y retourner ?

— Non, au contraire, je veux bien.

Nous marchons dans les rues balayées par un vent frais. Les feuilles des arbres resplendissent de couleurs mordorées, c'est tellement beau. J'ai toujours aimé le flamboyant automne. On pourrait être si heureux, tous ensemble, si ce quinze mai n'était jamais arrivé.

Chez le fleuriste, je choisis la plus belle des roses blanches. Elle est gorgée de vie, et ses pétales nacrés sont doux au toucher.

La tombe est couverte de fleurs, de bougies, de peluches. Il y a même des guirlandes lumineuses, des pochettes de CD, les dessins plastifiés d'Alex et ses figurines de petit garçon. Dans un énorme pot en terre cuite, un olivier déploie ses feuilles gris argent. De l'autre côté, un pied de vigne. Dans leurs branches, des étoiles par dizaines.

Jeanne se mord les lèvres :

— Je m'en occupe bien, tu vois, Rhéa ?

Le chagrin me broie le cœur, et je dépose délicatement la rose à côté de sa photo.

Pendant que Jeanne s'occupe des plantes, renouvelle les bougies et change les piles des guirlandes, je m'assieds et j'écris. Des mots entremêlés dans ma mémoire. Puis j'arrache la feuille de mon carnet et la glisse dans la cage de l'oiseau en porcelaine accrochée à l'olivier.

Lorsqu'on s'éloigne enfin, la tombe d'Alex semble un minuscule îlot de lumière dans la nuit qui commence à tomber.

MUSIQUE
N
AMOUR
U
BEAU
D L
ÉTERNITÉ
U A P
X B G SOS
L U U
DESSINS R
T QUINZE
ALEX U
R O
CIMETIÈRE TRISTE
H R O
A A SOUVENIRS
G OISEAU I
R N I COLÈRE
MOI CIEL E
N I NON !
D C
RHÉA SEULE

# Igor

QUAND ON ARRIVE À LA MAISON, Fred nous attend sur le perron et se retourne, avec son large sourire.

— Excuse-nous. On a pris un peu de retard.

— Trop de circulation ?

— Plutôt des complications. Il t'expliquera, je suppose.

Ma mère me regarde en biais, tandis que je claque la portière de toutes mes forces.

— Salut, Igor. Quelle énergie !

— Salut.

Fred pose sa main sur mon épaule et m'emmène à l'intérieur de cette grande maison que je déserterais sur-le-champ s'il n'était pas là.

— « *Hi Fred ! Fred, Frrrred !* »

Je traverse le rez-de-chaussée sans prêter attention à Obama qui s'égosille et je monte dans le petit salon où

Fred me rejoint sans tarder. Je pianote sur mon Steinway & Sons pendant qu'il boit quelques gorgées de thé et sort son Ipod de sa mallette.

— Écoute ce petit bijou, Igor.

Fred appuie sur *play* et règle le volume au maximum. Il sait que j'écoute la musique classique à fond, que je préfère quand les murs tremblent. Dès le début du morceau, je ferme les yeux pour chasser cette sortie du lycée de mon esprit. Ces images restent collées à mes pupilles, elles s'y sont imprimées et les notes ne sont pas assez puissantes pour les effacer.

— Igor, tu n'es pas avec moi, n'est-ce pas ? La consultation s'est mal passée ?

— Si ce n'était que ça.

— Tu as décidé quoi, finalement ?

Je n'ose pas avouer à Fred que j'ai refusé en bloc l'épithèse hémifaciale, mais il le devine immédiatement.

— Je vois. Elle l'a mal pris, j'imagine.

Je hoche la tête.

— Je suppose que tu as d'excellentes raisons et que tu les lui as expliquées ?

— Plus ou moins.

— Parfois, c'est difficile de comprendre les autres, même si on les aime.

— Elle prétend que j'ai dit non pour continuer de culpabiliser mon père.

— Et qu'en penses-tu, toi ?

J'hésite à confirmer à Fred que ma mère a raison, en grande partie.

— Igor, tu as le droit de le haïr, d'être en colère, de rejeter une aide. Tu es responsable de tes choix. Même s'ils bousillent ta vie.

— Alors toi aussi, tu estimes que je ne fais rien pour m'en sortir ?

— Moi ? Je trouve que tu fais beaucoup, mais tu me connais, je suis plutôt exigeant…

— Devant un piano, ça oui !

D'un geste, Fred me demande de m'écarter vers la droite du tabouret en velours et s'assied à ma gauche.

— Nous allons travailler Schubert, sa *Fantaisie en la mineur*.

— J'avais reconnu.

— Décidément, tu es très fort. Tu sais donc que c'est une pièce à quatre mains.

Fred lève les siennes et les agite comme si c'était des marionnettes amusantes.

— Tu es d'accord pour faire équipe avec moi ?

— C'est un honneur, monsieur le professeur.

Dans ma poitrine, mon cœur bat d'excitation et de crainte de jouer avec un si grand musicien.

— On va bien s'amuser, Igor.

— Je vais bosser comme un dingue.

— Oui. Et je parie que tu en redemanderas ! On y va ?

Fred remet les premières notes du morceau. Un *allegro molto moderato*. Taillé sur mesure pour moi.

— C’est moi qui me chargerai de la *prima* ?

— Oui, j’étais certain que tu l’aimerais.

Mais je n’écoute déjà plus le morceau.

— Fred, je ne suis pas concentré aujourd’hui. J’ai trop de trucs en tête. Maman est passée devant Fauré, pour se venger de ce que j’ai dit au Dr Simonis. J’ai vu tout le monde. Ils avaient l’air d’aller si bien. Soline riait, et c’était horrible. Depuis, je n’arrête pas d’y penser. Même maintenant, avec toi.

— La musique n’est pas tout, Igor.

Fred rassemble ses affaires.

— On s’y mettra la prochaine fois. D’ici là, puisque tu as du temps, réécoute Schubert. Et surtout, surtout, parle avec ta mère !

# Rhéa

Je suis rentrée. Mon pèlerinage est fini et je n'ai plus aucune énergie. Je ne sais pas si ça a été une bonne idée de retourner là-bas mais, en tout cas, ça a fait plaisir à Jeanne et j'en rapporte l'écharpe d'Alex, qui porte son odeur, bien serrée contre moi, sous mon pull.

Avec Louise et Juline, j'ai tout de même réussi à profiter de la soirée, quand on est allés chez *Tony's* avec leurs potes du lycée. C'est vrai qu'ils sont super sympas. Gabin, un géant blond d'un mètre quatre-vingts, est trop drôle. Il a sorti des tas de bêtises et j'ai aimé entendre à nouveau mon rire. J'avais l'impression de l'avoir perdu à jamais, il était pourtant juste là, en pause, bien caché.

Juline et moi échangions des regards en douce en observant Mathis. Il est beau, son *crush*. Il a des yeux immenses d'un bleu mer des Caraïbes à se noyer dedans, et un corps d'athlète à tomber. Il fait du basket en compét'. J'ai l'impression qu'elle ne l'intéresse pas du tout... J'étais même très gênée parce qu'il s'est assis à côté de moi et qu'il n'arrêtait pas de me regarder.

En partant, sur le quai de la gare, on s'est serrées fort dans les bras toutes les trois et Louise et Juline m'ont dit de prendre soin de moi.

Jeanne est venue me dire au revoir elle aussi. Je me suis promis de lui parler tous les soirs par SMS, elle me fait un peu peur. Sa mère va se séparer de Patrice, elle ne le supporte plus. En fait, elle ne supporte plus rien. Mais cette nouvelle rend le sourire à Jeanne. Alex détestait Patrice, ses conseils suffisants, ses reproches voilés sur sa façon de travailler et ses notes pas terribles, ses insinuations sur le fait qu'il décevait sa mère par sa conduite nonchalante, ses comparaisons piquantes avec son fils, l'étudiant modèle en troisième année de médecine. Peut-être que c'est Alex qui a guidé Émilie dans son choix ? On dit que les morts que nous avons aimés veillent sur nous et nous soufflent les décisions à prendre.

De retour à la maison, je retrouve avec plaisir la *Fantaisie à quatre mains*. Elle est prodigieuse, je dois déchiffrer les premières portées. Il ne me reste que quelques jours pour préparer le morceau avec Fred. Comme je ne veux pas le décevoir, il faut que je m'y mette sérieusement. Pour l'instant, je suis tout simplement médiocre. Ces doubles croches pointées avec quatre bémols à la clé, ces arpèges et accords qui noircissent douze pages me font des pieds de nez insolents. Pourtant, je vaincrai ce morceau-marathon de vingt minutes. J'espère juste ne pas terminer HS comme le pauvre Philippidès.

### Con dolore

*Je te revois, Alex, debout sur le tabouret noir à côté de moi, battant l'air avec une baguette invisible, parodiant un chef d'orchestre imaginaire :* Maestroso, mademoiselle, Maestroso ! Sotto voce, sotto voce… *Et puis en m'embrassant dans le cou :* Appassionato, forte forte fuoco…

*Maintenant, je dois trouver la motivation toute seule, la chercher au fond de moi, la déterrer, si j'y arrive.*

*Fred m'a dit que cette fantaisie avait été écrite pour la comtesse Caroline Esterhazy, une élève de Schubert dont il aurait été amoureux. Un amour secret qui l'a rongé. Pauvre Schubert. D'ailleurs, il est mort à trente et un ans. C'est encore plus triste.*

*Comme quoi, d'un chagrin peuvent sortir des merveilles.*

## Igor

| Je n'ai plus | J'ai |
|---|---|
| De père | Fred |
| De mère | |
| De visage | |
| De larmes | |
| De copine | |
| De potes | |
| De lycée | |
| De sorties | |
| De rêves | |
| D'avenir | |
| De vie | |

Mme Jacquelin garde le silence à la fin de cette lecture que j'ai sélectionnée pour elle dans mon cahier. Elle attend que je parle, que j'explique ce trou béant dans la colonne de droite. Ni l'un ni l'autre nous ne desserrons les dents jusqu'à ce qu'elle soupire :

— Ne pourriez-vous pas rajouter d'autres choses que Fred ?

— Je crois pas.

— Cherchez encore.

Le premier truc qui me vienne à l'esprit frise le ridicule. Trop tard. Le regard expert de Mme Jacquelin l'a perçu.

— Oui ?

— Obama.

— Barack Obama ?

Maintenant, c'est sûr, ma psy m'a définitivement rangé dans la catégorie des asociaux à tendance mytho.

— Non, pas lui. Mon perroquet. Il l'adore tellement qu'on lui a donné le même prénom.

Elle rit. Ça doit être la première fois qu'elle perd son sérieux en consultation. D'ailleurs, elle se reprend tout de suite :

— Vous l'inscrirez dans votre cahier ?

— Je verrai bien.

— Pensez-vous encore à quelqu'un d'autre ?

— Satie et Schubert, peut-être.

— Le piano, voilà qui est intéressant.

— Non. Seulement Satie et Schubert.

— Petit à petit, cette colonne se remplira, vous verrez.

— Oui, il existe beaucoup de compositeurs.

Elle ne trouve pas ma remarque drôle. Son quota de sourires est épuisé pour la semaine.

— Pourquoi faites-vous sans cesse semblant de ne pas comprendre, Igor ?

— Pourquoi vous me posez sans cesse des questions dont vous connaissez la réponse ?

— Si vous n'êtes pas preneur de cette thérapie, le travail est ralenti.

— Je n'ai pas dit que j'avais envie d'arrêter.

— Mais vous décidez souvent l'exact opposé de ce que vous désirez.

La phrase claque dans le bureau. Mme Jacquelin n'a jamais été aussi explicite.

— Ce que je viens de formuler vous parle-t-il ?

— Je comprends à moitié ce que vous racontez.

— Igor, j'émets juste l'hypothèse que vous refusez systématiquement ce qui pourrait vous faire du bien.

— Comme l'épithèse hémifaciale ?

— Par exemple.

— Et pourquoi j'agis comme ça, selon vous ?

— C'est à nous deux de le découvrir. Et vous en savez plus que moi.

— Oh, arrêtez de faire semblant, vous aussi ! La solution, vous la connaissez ! Vous avez déjà votre opinion sur moi et vous n'entendez que ce qui la confirme !

— Pourquoi vous énervez-vous ?

— Je m'énerve parce que tout le monde pense que j'exagère, que je fais exprès de souffrir. Vous, mon père, ma mère. Même le Dr Simonis, je parie.

— Où en êtes-vous avec votre mère ?

— Elle s'est excusée pour Fauré.

— Et vous ?

— Quoi ? Je devrais m'excuser ?

— Je ne sais pas.

— Elle m'a expliqué qu'elle a pété un plomb dans la voiture, qu'elle se sent impuissante, que c'est de pire en pire avec mon père, qu'elle n'en peut plus des dossiers à monter avec les avocats pour le défendre devant le juge...

— Mais ?

— Je ne parviens pas à la plaindre. Sa vie est tellement plus simple que la mienne.

— C'est vous qui le dites. Chacun a des difficultés à son échelle.

— Les autres, eux, ils ont des larmes et des joues pour pleurer.

— Vous aimeriez pleurer ?

— Non. Enfin, si. Quoi qu'il en soit, je ne peux plus. Je ne peux plus plein de choses !

— Certaine*s* choses.

Encore une formule qu'elle glisse sûrement à tous ses patients. *Madame Je sais tout* me ressort ses yeux pénétrants et vérifie, derrière ses lunettes, l'effet de ses derniers mots.

— Vous pouvez marcher, courir, même danser si vous voulez. Vous pouvez jouer du piano, lire, écrire, parler, écouter votre perroquet et l'emmener chez le vétérinaire, si ça vous chante ! Cette liste est loin d'être terminée, à condition de…

— De me résigner à ma sale gueule, c'est ça ? Vous seriez capable, vous, de reprendre le cours de votre vie sous des regards qui vous rappellent à chaque minute que vous avez une tête de monstre ?

— Il ne s'agit pas de moi mais de vous, Igor. Restons là-dessus. Il est déjà l'heure. Si vous en avez l'occasion, réfléchissez-y d'ici la prochaine fois.

# Rhéa

Fred s'assied sur le tabouret noir et je sursaute. J'ai l'impression qu'il a poussé Alex, qu'il l'a gommé de la pièce. Je ne peux pas lui en vouloir, Alex n'est qu'un fantôme que personne ne voit à part moi.

— Quelque chose te dérange, Rhéa ?

— Non…

— Allons, je vois bien que si. C'est le tabouret, c'est ça ? Tu veux que j'en prenne un autre ?

— Oui, s'il vous plaît. C'est… c'est le tabouret… le tabouret de…

Son prénom ne parvient pas à sortir de ma gorge serrée.

Fred va chercher une chaise dans le salon, beaucoup plus encombrante, qu'il cale maladroitement à ma droite.

— Voilà, miss ! Tu es prête ? Tu as réussi à travailler un peu ?

— Pas autant que ce que j'aurais voulu.

— Montre-moi.

Je ferme les yeux, rejoue la musique dans ma tête, puis me lance. Certaines notes sont trop crispées et le rythme n'est pas toujours correct, mais je persévère et termine la première page.

— Tu reprends ? dit simplement Fred lorsque j'ai fini.

C'était si mauvais que ça ? Je repose les doigts sur les touches. Surprise ! Fred se joint à moi et m'accompagne pour mon premier duo. C'est si harmonieux tout à coup, si profond que j'en ai les mains qui tremblent et, avec l'émotion, je fais trois énormes fausses notes au début de la traîtresse troisième portée.

— Ne te déconcentre pas Rhéa, reprends : *sol si sol sol fa mi*. Je sais, ce n'est pas évident, ces changements de clé.

— Ce Schubert, il n'était pas un peu maso de la croche ?

Fred éclate de rire.

— C'est très bien, Rhéa, continue.

Je repars, *sol si sol sol fa mi,* galvanisée par la mélodie qui s'installe et les accords qui tournoient à travers le salon. Je découvre une sensation d'harmonie que je n'ai jamais vécue.

L'orgueil me pique comme une abeille têtue, je veux être à la hauteur de l'interprétation parfaite de Fred, donner le meilleur de moi-même. Quand nous atteignons la dernière portée de la page, je m'interromps, frustrée.

— J'aurais dû travailler plus. J'ai envie de continuer. C'est tellement magique, les duos.

— Ravi que cette *Fantaisie* vous plaise, miss, s'incline Fred en ôtant un chapeau imaginaire pour me saluer bien bas. Il répète ensuite sa phrase en mandarin tout en étirant ses yeux avec ses index et je pouffe de rire.

— Tu reprends toute la page pour la semaine prochaine ? *Perfecto*, hein ? Pas de fausses notes, *por favor* !

— Promis.

— À mardi, Rhéa. Ah oui, j'allais oublier ! Très chouette écharpe porte-bonheur.

# Igor

Ma main droite quitte le clavier et rejoint la gauche posée sur mes cuisses. Je suis venu à bout des trois premières pages de la partition de Schubert. J'ai bossé plus que jamais ces derniers jours pour maîtriser les passages périlleux. Hier, au moment de m'endormir, le tempo du métronome résonnait encore dans mes oreilles. À présent, ce sont les félicitations de Fred qui s'y glissent. J'ai été à la hauteur de ses espérances.

— Tu es un fabuleux partenaire, Igor !

— C'est grâce à toi.

— Tu as un sacré talent, je te l'ai souvent dit, et il faut t'en servir.

— Je ne vois pas trop comment.

Le sourire en coin de Fred m'indique qu'il y a réfléchi pour moi.

— Toi, t'as quelque chose derrière la tête !

Il se sert une nouvelle tasse de son thé de la Symphonie et m'en propose une.

— Igor, je pense que tu es prêt à aller plus loin.

— Oui, si je garde le rythme, je parviendrai peut-être à la cinquième page la semaine prochaine.

— Je pensais à autre chose.

— « *Musiiiiiiiique maestrrrro ! Musiiiiiiiique maestrrrro !* »

Obama réclame la suite du cours. Il a entendu cette fantaisie matin, midi et soir, et il ne peut plus s'en passer.

— Deux minutes, papillon. Igor et moi, on discute d'un truc important.

— Important ?

— Très. Avant de te l'expliquer, j'aimerais que tu t'engages à écouter ma proposition jusqu'au bout.

Fred prend tellement de précautions que ma curiosité se voile de crainte.

— Même si ça te contrarie, d'accord ?

— D'accord.

— Voilà : j'aimerais que tu répètes ce duo avec un autre pianiste.

Mon cœur sursaute et chaque millimètre de mon corps se contracte.

— Détends-toi, Igor. C'est une suggestion, pas une obligation.

Je me racle la gorge. J'étouffe. Et la suite n'améliore pas mon état.

— Tu sais que j'ai une autre élève.

— Parce que c'est une fille, en plus !
— Écoute-moi jusqu'au bout. Jusqu'au bout.
Je quitte le tabouret pour tourner en rond dans le petit salon, les poings serrés.
— Rhéa est très talentueuse. Comme toi, elle s'est remise au piano après un arrêt de plusieurs mois.
— Elle a eu un accident de voiture, c'est ça ?
— Tu te sens bousculé mais ne crie pas, s'il te plaît.
Fred se lève et suit mes allées et venues autour du Steinways & Sons.
— Rhéa a vécu un drame. Très différent du tien et très douloureux aussi. Depuis, elle essaie de reconstruire sa vie dans un nouvel environnement. Elle rame, évidemment. Elle se sent seule, perdue…
— Pas besoin de me faire un dessin.
— Travailler à deux vous ferait le plus grand bien.
— Tu veux plutôt te débarrasser de moi.
Fred m'attrape par les épaules et me maintient face à lui.
— Je ne veux pas me débarrasser de toi, Igor. Simplement t'aider, comme je l'ai fait jusqu'à présent. Rhéa est très chouette. Vous vous entendriez bien et progresseriez davantage ensemble.
— Je ne m'améliorerai pas autant avec elle qu'avec toi.
— On sera tous les trois. Ici.
— C'est non.
— Réfléchis-y.
— Non !

Je file dans ma chambre et je claque la porte. Je suis aussi en rage que lors des fins de discussions avec mon père.

— « *Musiiiiiiique maestrrrro ! Musiiiiiiique maestrrrro !* »

Obama peut hurler tant qu'il veut, il n'entendra plus une note de Schubert. Désormais, la colonne droite de mon cahier est vide.

# Rhéa

Je progresse. J'adore ce morceau. Tout ce qu'il raconte me touche. J'aurais aimé discuter avec Schubert. On aurait eu beaucoup de choses à se dire.

J'ai ressorti du carton mes partitions froissées de Coldplay, des Beatles, de Muse et je rejoue. Tous les jours, de plus en plus.

Tibère s'arrête devant le piano et me sourit :

— Tu es revenue, Rhéa ?

— Revenue d'où ? Je ne suis jamais partie, Tibère !

Il hausse les épaules et penche sa tête sur le côté, comme un oiseau.

— Mais si, tu n'étais plus vraiment là, avec nous.

Il file dans sa chambre en glissant sur le parquet en chêne clair comme s'il était sur la glace de sa patinoire. Je me sens misérable soudain et je m'élance à sa poursuite, remplie de remords. Je suis interrompue dans mon élan par la sonnette de la porte d'entrée.

C'est Fred, les joues rouges à cause du froid, les cheveux remplis de neige fondue, des centaines de gouttes brillantes parsemant son manteau noir.

— Mince alors, il fait un froid polaire dehors !

— Et vous avez oublié votre thermos de thé ?

— Oui, je suis parti trop vite de chez moi. Quelle tête en l'air !

— Vous avez de la chance : hier, je suis allée à votre boutique et j'ai choisi un nouveau thé.

Fred me regarde avec tant de stupéfaction qu'on dirait un petit garçon de huit ans qui découvre son cadeau de Noël.

— Il s'appelle « thé des Sables ». Vous le connaissez ?

— Pas du tout.

— Je vous en fais une tasse ?

— Volontiers.

Alors que je prépare la bouilloire, je pose enfin la question qui me brûle les lèvres depuis quelques semaines :

— Fred, vous avez des enfants ?

Il hésite un peu avant de répondre, puis secoue la tête.

— Non, je n'en ai jamais eu, Rhéa. Et ce n'est peut-être pas plus mal, au fond, parce qu'ils seraient orphelins de mère. Ma femme Hua est décédée il y a six ans d'une maladie dégénérative.

— Pardon, je ne savais pas.

— Ne t'en fais pas, tu as le droit de poser la question. Tu pensais que j'avais des enfants ?

— Je n'étais pas sûre.

Je verse l'eau bouillante dans la théière en céramique. C'est plus fort que moi, une autre question me titille :

— Hua, c'est un prénom de quelle origine ? Chinoise ?

— Bien vu ! Et ça signifie *Fleur*. Tu as un papier ? On l'écrit comme ceci.

Sur le dos de ma partition de *The Scientist*, il trace un caractère.

— Et voilà : 花

— C'est super joli.

— Oui, très.

Son regard se perd un instant sur les traits noirs de la feuille. J'ai ma réponse. Je comprends pourquoi Fred est si attentionné, délicat, respectueux de mon chagrin. Il a vécu le même. Je lui dois une explication à mon tour.

— Il s'appelait Alex. Il avait quinze ans, on était ensemble depuis un an et…

Fred hoche la tête pour m'encourager.

— Et il est mort. Sous un train, le quinze mai dernier.

Voilà, c'est dit. Je respire un grand coup.

Fred saisit la partition et prononce doucement :

— *Yà lì kè sī*.

Sur le papier apparaissent quatre caractères que je dévore des yeux. 亚历克斯

— Voilà Alex en mandarin. Ça te plaît ?

Je ne réponds pas tout de suite.

— Oui. Merci.

— Santé, Rhéa ! dit Fred en levant le mug Pokémon de Tibère dans ma direction.

Ses yeux sont si lumineux que je réplique du tac au tac :

— Santé, Fred.

Le thé brûlant me réchauffe et apaise mes tremblements. Je recopie avec l'aide de Fred les caractères qu'il a dessinés. Pour les tracer, le sens est très important, du haut vers le bas ou de gauche à droite, rien n'est laissé au hasard. Je me concentre si fort que j'en oublie pourquoi Fred est ici.

Pourtant, je veux lui montrer combien j'ai travaillé. Cette première page, je l'ai bossée à fond, plus aucun bémol, dièse ou triple croche ne me résiste. Alors, au bout d'un moment, j'ouvre le couvercle du piano.

Fred s'installe à côté de moi et je laisse venir les notes. Elles m'habitent à nouveau, s'élancent, racontent leur histoire, notre histoire, à Alex et à moi. Avec elles, j'exprime ma tristesse, ma colère, mon attente.

À la fin de la page, je respire, puis lance :

— J'ai aussi commencé à travailler la suite.

— Parfait, sourit Fred, on attaque, alors.

Nous voilà repartis à l'assaut des mesures et de leurs pièges. Je fais quelques erreurs que je rattrape avec détermination. Fred me conseille, me demande de recommencer les passages compliqués, m'indique des placements de doigts et m'encourage. Comme dirait ma mère, j'ai retrouvé la « vélocité de la main gauche », celle sur laquelle insistent les professeurs. Sauf qu'elle n'a jamais réalisé que, contrairement à la plupart des pianistes, je suis gauchère et que, forcément, cette main ne me pose pas de problème.

À côté de la plaque, ma mère. Sur la touche.

Lorsque je m'arrête, Fred lève le pouce en signe de victoire et s'exclame :

— Rien à dire, Rhéa : là, tu as travaillé !

Je me retourne instinctivement vers le tabouret noir.

J'espère qu'Alex est fier parce que je viens de faire un truc énorme, là. Une prouesse, pour lui.

# Igor

TROIS JOURS QUE JE RUMINE et que je ne me suis plus installé au piano. Je me suis barricadé dans ma chambre et j'ai inventé un mal de tête tenace pour annuler le cours d'aujourd'hui. Ma mère a prévenu Fred et j'ai pris deux Doliprane, histoire de jouer au malade imaginaire jusqu'au bout.

Comme je ne répète plus, je prends de l'avance dans mes cours par correspondance. Je me concentre sur l'anglais, la physique et les disserts, avec les phrases de Fred et une colère teintée de déception en toile de fond. Il m'a envoyé plusieurs SMS auxquels je n'ai pas répondu, mais je les relis sans cesse, sans trop savoir pourquoi.

**Fred Mardi, 19 h 37**
Je m'étais préparé à ta colère et ton refus

Ne t'inquiète pas. À jeudi pour travailler
ensemble notre ami Schubert !

**Mercredi, 9 h 15**
Tu dois être très fâché pour ne pas me
répondre. Je suis désolé de t'en avoir
demandé trop, trop tôt

**Mercredi, 17 h 21**
J'espère que tu sortiras bientôt
de ton mutisme, Igor. Tu risques
d'exploser si tu gardes tout en toi
À demain

**Mercredi, 21 h 56**
J'aurais aimé que tu me préviennes
toi-même pour ta migraine
J'espère qu'elle ne durera pas éternellement ☺

**Jeudi, 12 h 08**
Je passerai voir comment tu vas à 16 h
D'ici là, repose-toi bien

Dans cinq minutes, Fred sera sur le perron. Je tire les rideaux pour lui faire croire que je dors, même s'il va sans doute garder le doigt sur la sonnette le temps qu'il faudra. Je voudrais effacer cette proposition qui est venue perturber le petit équilibre que j'avais enfin retrouvé. Je voudrais réagir autrement, ne pas en faire un drame et balancer mon malaise à la poubelle. Je n'y arrive pas. Je ne suis plus capable de digérer les choses qui blessent. Je me les sers plutôt en plat principal. Inlassablement.

Ça sonne.

— « *Hi Frrred ! Frrrred ! Hi !* »

Couché sur mon lit, je reste immobile, comme les mourants en soins palliatifs. J'essaie d'oublier que Fred est là, dehors, dans le froid. De ranger les moments fabuleux qu'on a passés ensemble autour du piano. On était tellement bien, rien qu'à deux. Pourquoi a-t-il tout bousillé, lui qui me comprend d'habitude si bien ?

— « *Frrrrred ! Frrrrrrrred !* »

Obama rouspète. La sonnette retentit sans arrêt. Et mon téléphone vibre. Plusieurs fois.

**Fred 16 h 05**
Il neige, Igor

**Fred 16 h 06**
Je me répète : ce n'était qu'une proposition
J'ai couru le risque de t'en parler parce que
je te sais capable de beaucoup

**Fred 16 h 07**
Rhéa aurait joué la seconda
Elle aurait pris le temps de te connaître
et de t'apprécier, j'en suis certain

Fred et son optimisme démesuré. D'accord, devant le clavier, Rhéa n'aurait pas vu la partie amochée de mon visage. Mais à tous les autres moments, oui. Elle aurait eu un mouvement de recul, comme tout le monde. Elle aurait peut-être grimacé en découvrant ma sale gueule. Et elle ne serait plus jamais revenue pour répéter avec moi. Tu parles d'un pas en avant.

**Fred 16 h 09**
Tu es têtu, hein ? Allez, ouvre-moi
On doit parler. Je peux tout entendre

**Fred 16 h 10**
Igor, je ressemble à un bonhomme de neige !!!

Ce con, il réussit encore à me faire sourire. Et Obama continue de le réclamer comme un enfant impatient. Fred ne mérite pas ça. Mais si je le laisse entrer et en rediscuter avec moi, il sèmera le doute dans mon esprit, si fort que je changerai peut-être d'avis. Je résiste. Je me cache sous ma couette.

**Fred 16 h 13**
J'y vais, Igor. Tu es plus fort que moi
Tu es plus fort dans le malheur que
nous tous réunis. Fais-moi signe si tu
te sens prêt à reprendre les cours
particuliers un de ces quatre

D'un coup, c'est le silence. Un silence qui glace jusqu'à l'intérieur de mon ventre. J'ai chassé Fred et je regrette déjà cette victoire insensée qui ne m'apporte aucun trophée. Je dévale les escaliers, je traverse en courant la cuisine puis le hall. Fred n'est peut-être pas très loin. Si je crie, il m'entendra. J'ouvre la porte d'entrée et il est là, sur le perron.

— Mince, j'allais entamer la construction d'un igloo.

# Rhéa

Quinze jours ont passé depuis la dernière fois. Fred et moi venons de prendre un temps fou à déchiffrer la cinquième page de la *Fantaisie*. Je me sens grippée et les notes ne viennent pas bien. Les couacs répétés du piano m'usent les tympans, et Fred, avec diplomatie, arrête la séance.

— Rhéa, je voudrais te proposer quelque chose. Tu as le droit de réfléchir avant de donner ta réponse, mais aussi de refuser. Cependant, si je te suggère cette idée, c'est que j'ai de bonnes raisons.

Fred marque une pause.

— Je voudrais que tu continues à travailler ce duo avec un autre pianiste.

Je fronce les sourcils :

— Vous arrêtez de me donner des cours ?

— Bien sûr que non, je serai là pour vous aider à réussir ce duo, l'autre pianiste et toi.

— Mais… pourquoi ? Pourquoi vous ne voulez plus jouer avec moi ?

— Pas si vite, tu interprètes mes propos. Ne te fâche pas.

— Je suis pas fâchée, je ne comprends pas pourquoi vous voulez changer les choses. Moi, ça me plaît de travailler avec vous. Rien qu'avec vous.

— Écoute-moi sans m'interrompre, s'il te plaît. Tu sais que je te trouve douée. C'était important pour moi que tu ne lâches pas le piano après le décès d'Alex. Il se trouve que je donne des cours particuliers à un autre ado, très doué aussi. Sauf qu'il est toujours tout seul. Il ne sort pas de chez lui et ce serait une très bonne idée que vous jouiez ensemble. C'est quelqu'un que j'apprécie beaucoup.

— Il va mourir ?

— Non, il a eu un grave accident qui l'a défiguré et il ne supporte plus le regard des autres.

— Pourquoi voudrait-il me voir, alors ?

— Parce que, à un moment, il faudra qu'il recommence à vivre normalement, et tu vas l'aider.

— Vous vous trompez de personne. Je ne suis pas celle qu'il lui faut pour reprendre goût à la vie.

— Je crois que si.

— Vous n'y êtes pas du tout. Et puis, qui vous dit qu'il sera d'accord ?

— Il l'est, miss. Mais toi…

Fred pianote sur un écran imaginaire, prend une voix de robot chinois et articule :

— Il y a quatre-vingt-dix-huit pour cent de probabilités pour que miss Rhéa décline la proposition de son professeur.

Je tente de masquer un sourire :

— C'est pas drôle.

— Bon, on se revoit jeudi, et d'ici là, cogite bien, d'accord ?

— Attendez, j'ai d'autres questions avant de me décider.

— Cela m'aurait étonné, s'amuse Fred en se rasseyant. Je t'écoute.

— Il est défiguré comment ?

— Tu verras toi-même.

— Non, mais, je veux dire…

Je tourne en rond, n'ose pas prononcer les mots qui me viennent à l'esprit.

— Tu veux savoir s'il fait peur, s'il est vraiment moche ?

— Ben… Un peu, quand même, oui.

— Rhéa, fais-moi confiance. C'est une belle personne, c'est mon ami. Tu ne seras pas obligée de le dévisager. Son profil gauche est quasiment normal, mais le droit est très abîmé.

Un peu honteuse, je murmure :

— Je comprends.

— Merci Rhéa. D'ici jeudi, parles-en avec ta mère, il faut qu'elle te donne l'autorisation d'aller chez Igor. Dans le cas où tu accepterais, bien sûr.

## Cadeau

*« Tu vas l'aider à recommencer à vivre normalement. »*

*Sans le savoir, Fred m'a fait un énorme cadeau.*

*Et toi Alex, tu en penses quoi ? Que je suis encore capable de remonter le moral à quelqu'un ? Avec toi, je n'ai pas su.*

*Tu crois qu'avec ce pauvre gars défiguré je saurai faire mieux ? Je n'y crois pas. Ce qui est fou, c'est que Fred, si.*

*C'est comme si la vie me donnait une deuxième chance. Je vais essayer de ne pas la laisser filer entre mes doigts, cette fois.*

# Igor

— Quelle excellente nouvelle vous m'annoncez là !

Comme chaque lundi, Mme Jacquelin m'a demandé, sans rien attendre, s'il y avait du nouveau dans ma petite vie d'ado craquelée de toutes parts. Elle s'est habituée à mes silences, aux mots que j'économise comme du beurre en temps de guerre. Et elle est stupéfaite de la réponse que je lui fournis. Rien ne laissait présager un tel changement. Un tel « retournement de situation », d'après elle.

— Notre travail a un peu d'effet, Igor.

C'est plutôt l'« effet Fred », mais je ne l'avoue pas à ma psy. Je n'ai pas envie de lui expliquer le fond de ma pensée.

— Comment vous sentez-vous à l'approche de cette première rencontre avec cette pianiste ?

— Ça a déjà été pire.

— Mais encore…

— J'essaie de ne pas trop y penser.

— Vous appréhendez ?

— Bien sûr. La dernière fille que j'aie vue, c'est Soline.

— Vous auriez préféré travailler avec un garçon ?

— Pas forcément. Un beau gosse qui me regarde de haut, non merci.

— Et si votre partenaire est jolie ?

— Ça m'étonnerait.

— Pourquoi ?

— Apparemment, elle est aussi dans un état catastrophique.

— Un état ?

— Je ne sais pas ce qu'elle a. Fred m'a seulement dit qu'elle avait vécu un drame. Elle est peut-être aveugle, sourde et muette ou atteinte d'une maladie incurable. Tout est possible. Un beau duo d'éclopés, quoi ! À nous deux, on fera pitié, c'est sûr. Il ne manquera plus que le chapeau où jeter des pièces !

Mme Jacquelin se racle la gorge, gênée par mon franc-parler.

— Un drame n'est pas toujours lié au physique.

— Hein ?

— Igor, avez-vous envisagé qu'elle n'ait aucun problème apparent ?

— Qu'elle soit seulement tarée, c'est ça ?

— Qu'elle ait une douleur invisible, contrairement à la vôtre.

— Je ne crois pas. Fred a assez de délicatesse pour ne pas me mettre en contact avec une fille normale.

— Normale ?

— Oh non ! Ne me demandez pas ce que c'est pour moi, la normalité ! Ça ne sert à rien, ce genre de discussion. La normalité, c'est tout sauf avoir une gueule comme la mienne !

— Vous ne pensez pas que Fred a tellement de respect pour vous qu'il va justement vous présenter une fille normale, comme vous dites ?

Je me tais. Au moment où Mme Jacquelin a prononcé cette phrase, j'ai senti qu'elle visait juste.

— C'est une éventualité, n'est-ce pas, Igor ?

— Oui.

— Ça vous effraie ?

— Un peu.

— Vous préfèreriez qu'elle soit comme vous ?

— Oui. Enfin, non, quand même pas. Vous imaginez la déprime ? Le « club des sans visages », quelle horreur !

Je me force à en rire avant de reprendre :

— En tout cas, elle a un sacré problème. Elle ne doit pas avoir beaucoup d'amis ni grand-chose dans sa vie pour accepter de répéter avec moi. C'est la pauvre fille de la classe ou un truc du style.

— Ça vous rassure de l'imaginer ainsi ?

— Sans doute.

— Et si elle était comme tout le monde ? Ça changerait quelque chose à votre décision ?

— J'ai dit oui à Fred pour un essai. Un. Après, j'arrêterai, point à la ligne.

— Vous arrêterez parce qu'elle n'a pas de handicap physique ou parce vous ne voulez pas poursuivre l'expérience quoi qu'il arrive ?

— Expérience, n'exagérez pas. On n'est pas des souris de laboratoire !

— Répondez-moi, Igor.

— Mais je n'en sais rien ! Avec vous, on fait sans cesse des plans sur la comète. Je la connais pas, cette nana. Qu'est-ce que vous voulez que je vous dise ? On verra ! On verra, voilà !

Mme Jacquelin décroise les jambes et arbore son mini-sourire de fin de séance. Elle m'a emmené là où elle voulait, malgré moi.

— Bien sûr, vous verrez. Tout dépend de la personne que vous aurez à vos côtés, quelles que soient son apparence et sa douleur. Très bien. Nous en restons là pour aujourd'hui. À bientôt !

On dirait que ma psy attend avec impatience le prochain épisode.

# Rhéa

Je suis dans mon lit, la gorge sèche à force de m'être égosillée. J'en ai tellement ras le bol de ces cauchemars à répétition. Pour ôter celui-ci de ma mémoire, je le raconte dans mon carnet, espérant chasser sa vision loin de moi. Peine perdue.

**Cauchemar**

*Le train arrive et tu cours, vite, très vite, beaucoup trop vite. Tu n'arriveras jamais à t'arrêter, c'est sûr. Je suis juste derrière toi, je veux t'attraper mais mes jambes se dérobent, et tu tombes. Inexorablement, tu tombes.*

*Le train est passé, son souffle a failli m'emporter et je reste pétrifiée sur le quai de la gare. Il pleut, il pleut du sang partout et, pourtant, je te vois te relever.*

*Alex, tu reviens ?*

*Tu t'approches de moi, c'est une vision épouvantable. Ton visage est déchiqueté, tes orbites sont vides, ton menton saignant pend tout de travers et tu pleures. Tu pleures si fort que je me mets à pleurer aussi. Je crie, je hurle, hurle, hurle.*

La lumière du couloir s'allume et des pas se rapprochent. Ma mère a dû m'entendre crier. Je referme le carnet *illico presto* et le fourre sous mon oreiller.

— Ça va, Chopinette ?

Elle n'a pas prononcé ce surnom depuis des lustres. Pour m'endormir quand j'étais bébé, elle me faisait écouter du Chopin et le mot est resté.

— J'ai refait un cauchemar.

Pour une fois, elle ne me sermonne pas et ne me demande pas si j'ai bien pris mes somnifères. Depuis que j'ai repris le piano, elle réalise les efforts que je fournis pour me raccrocher au bonheur. Elle entend la musique résonner comme avant le drame, elle surprend quelques éclats de rire avec Fred, elle voit mes notes remonter doucement. C'est pas digne d'un prix Nobel, mais c'est positif.

— Tu veux m'en parler ?

— C'est à cause de la proposition de Fred, tu sais, pour son ami défiguré.

— Il m'en a touché un mot au téléphone hier soir, en effet.

— Tout s'est mélangé. Alex, le train, ce gars. C'était horrible.

Ma mère m'entoure maladroitement les épaules.

— Tu sais, Rhéa, tu n'es pas obligée d'accepter d'aller voir ce… cet Igor. C'est un peu macabre, non ? Tu peux refuser la proposition de Fred si tu n'as pas envie.

— Il ne m'a apporté que des choses positives jusqu'à présent, je lui fais confiance, même si j'ai peur.

— C'est toi qui vois, mais je ne te dirai rien si tu changes d'avis. Essaie de dormir, Chopinette.

Lorsqu'elle s'en va, je me roule en boule et attends que le jour se lève enfin derrière les rideaux. La journée va être longue, longue, démesurément longue.

Le jeudi, déjà, ce n'est pas génial. On dirait que celui qui a fait les emplois du temps de la seconde C s'est concentré pour nous concocter la journée la plus pourrie qui soit avec le plus souvent des DS qui tombent le même jour, comme par hasard. Saleté de jeudi.

Sur la route du lycée, j'envoie un SMS à Fred pour cesser le ping-pong des oui et des non dans ma tête.

**Moi**
Bonjour Fred, c'est Rhéa. Je suis d'accord
pour jouer du piano avec Igor
Bonne journée. À bientôt

Quinze minutes après, mon portable vibre.

**Fred**
Bonjour Rhéa, très heureux de ta décision. Si c'est possible

je passe te prendre ce soir et nous allons chez Igor directement
Je viens de le prévenir

**Moi**
Vous venez vers 18 h 30, comme d'habitude ?

**Fred**
Oui. À ce soir Rhéa, bonne journée et merci

Je ne peux plus reculer. Mon dernier espoir, c'était qu'Igor change d'avis.

# Igor

La sonnerie de mon portable me réveille. Il est trop tôt. Depuis que j'ai arrêté les cours, je me paie des grasses matinées tous les jours.

**Fred 7 h 59**
Rhéa est d'accord pour le duo. J'arriverai avec elle tout à l'heure, à 18 h 30 tapantes. Je me réjouis et j'espère, malgré tes craintes, que c'est pareil pour toi !

Je relis ces trois phrases, la tête plantée dans l'oreiller et les yeux ensommeillés. Comment ça, Rhéa est d'accord ? Parce que, avant, elle ne l'était pas ? Elle l'a joué à pile ou face, c'est ça ? Ma colère monte et sort dans un message rédigé à toute vitesse.

Je croyais qu'elle avait accepté depuis longtemps

Tu as dû la supplier, je suppose. Pourquoi tu m'as rien dit ?
Je préfère tout annuler. Désolé

J'efface le dernier mot que j'ai écrit par politesse et j'appuie avec rage sur la touche *envoyer*. Quelques secondes plus tard, Fred m'appelle :

— *Igor, que se passe-t-il ?*

— *Quand je t'ai dit oui, je pensais que cette fille avait déjà accepté !*

— *On s'est mal compris.*

— *Fred, t'as insisté comme un malade sans savoir si elle était d'accord ?*

— *J'aime le risque.*

— *Et si elle avait dit non ?*

— *Elle a dit oui, c'est l'essentiel.*

— *T'imagines comment je me serais senti si elle avait refusé ?*

— *J'étais certain qu'elle répondrait positivement. Et ce duo n'avait pas l'air de te tenir très à cœur. Tu m'avais dit que…*

— *Ne sois pas de mauvaise foi. Tu sais très bien que ça compte pour moi.*

— *Très heureux de te l'entendre dire, enfin.*

— *Tu te prends pour Mme Jacquelin ou quoi ?*

— *Oui, j'ai raté ma vocation. D'ailleurs, il est temps que je t'avoue tout : j'ai engagé Rhéa pour me remplacer. J'ouvre bientôt un cabinet de consultations pour les cas désespérés dans ton genre !*

— *Tu t'endormirais à écouter tous nos malheurs !*

— *Pas sûr. Bon. Toujours partant pour ce soir ?*

— *Mmm…*

— *S'il y a quelqu'un que j'ai supplié, c'est toi, Igor. Mais tu l'expliqueras à Rhéa puisque c'est important pour toi d'être au clair à ce sujet.*

— *Pas la peine.*

— *Allez, à ce soir. Si je t'assure que ça se passera bien, tu ne me croiras pas, hein ?*

— *Exact !*

— *Alors, je te souhaite une bonne journée avant l'épouvantable et traumatisant cours que nous vivrons bientôt tous les trois !*

Je passe le reste de la journée à répéter ma *prima*. Les notes sont les seules bouées auxquelles je pourrai me raccrocher tout à l'heure. Je m'acharne sur les triolets de croches jusqu'à ce qu'ils sortent naturellement de mes doigts. Et Obama se balance sur son perchoir en suivant le tempo et en poussant de petits cris lors de ses passages préférés. Il serait un partenaire original si j'étais sensible à l'opéra. Malheureusement pour lui, je préfère la douce mélancolie de Schubert et, très bientôt, ce sera Rhéa qui me donnera le change. Cette fille, je veux lui en foutre plein la vue. Avec ma musique plutôt qu'avec mes cicatrices. Je jouerai ma partie avec une aisance qui la fera paniquer et lui ôtera l'envie de s'asseoir à mes côtés.

À 17 h, j'attaque une dernière fois ma partition. Le stress s'est déjà logé dans mon ventre et je bute sur certains passages.

— Et merde !

— « *Igooor !* »

— J'aurais pas dû écouter Fred. Qu'est-ce que j'ai fait, Obama ?

Il plante ses serres autour des barreaux de sa cage pour s'approcher de moi. Il sent toujours quand ça ne va pas. De l'index, je caresse le dessus de son crâne.

— Je flippe à fond. Une fille va venir ici pour jouer du piano avec moi.

Il tourne sa tête à droite, à gauche, très étonné par cette nouvelle.

— « *Freeeed ! Freeeed !* »

— T'inquiète, il sera là. C'est lui qui amène Rhéa.

— « *Rh...ééé...a ! Rhéaaa ! Rhééé...aaa !* »

Alors qu'Obama entame des vocalises avec ce prénom qu'il n'a jamais entendu, ma mère rentre à la maison les bras chargés d'un plat jaune recouvert d'un film fraîcheur.

— Coucou ! Ça va ? Entre midi et deux, je suis passée chercher quelques muffins chez Papou.

Mon grand-père est une vraie mamie gâteau et, depuis qu'il est veuf, il réalise des pâtisseries succulentes à la moindre occasion.

— Comme ça, nous aurons de quoi accueillir Rhéa !

Le sourire de ma mère bat tous les records, mais revient à la normale quand elle croise mon regard.

— Quoi, elle ne vient plus ? Elle a un empêchement ? Tu as changé d'avis ? Non, elle n'aime pas les muffins, c'est ça ?

— Maman, qu'est-ce qui te prend ? C'est quoi tous ces chichis pour cette fille qu'on ne connaît même pas ? Et tu as prévenu Papou ! Oh, je suis sûr que tu as prévenu tout le monde ! « Ça y est, mon asocial de fils rencontre un être humain » ! C'est pas vrai !

— Je l'ai juste dit à Papou. Promis. Ce n'était pas une bonne idée, les biscuits ?

— Si tu mets les petits plats dans les grands, elle croira qu'on ne reçoit jamais personne.

— C'est un peu le cas, Igor. Mais, à partir d'aujourd'hui, ça va changer !

— Arrête de t'emballer, maman. C'est une séance. Juste une séance.

— Je suis si heureuse pour toi !

Elle nettoie la table et y met une nappe sur laquelle elle dépose sa plus belle théière, la corbeille de fruits, des verres à pied, des tasses, de l'eau, du jus, du lait et j'en passe. Elle change quatre fois le plat de muffins de place, comme une fillette qui joue à la dînette.

— 18 h 05. Le temps passe à une vitesse ! Tu n'irais pas te préparer ?

— Me préparer ?

— Oui, changer de tee-shirt, mettre une chemise ou tes chaussures.

— Ce n'est pas ma tenue qui risque de poser problème, pour rappel.

Ma mère soupire et je monte à la salle de bains, histoire de passer mon bon profil sous l'eau et pour m'assurer que ce qui arrive est réel.

Pour une fois, je sors le miroir rangé dans l'armoire au-dessus du lavabo. Je grimace. Je ferme les yeux. Je les ouvre, les referme et les rouvre. Je serre les lèvres. Je souris. Je tente un haussement de sourcils, puis un clin d'œil. Horrible. Je me force à sourire, encore. « Salut. » Non. « Bonjour, Rhéa. » Plus fort. « Bonjour, Rhéa. » Allez, avec un peu plus d'enthousiasme. « Salut, Rhéa ! » Ça sonne faux. « Coucou. » Encore pire. Je renonce. C'est pas un rencard et, au rez-de-chaussée, le *ding-dong* que je redoute tant vient de retentir.

# Rhéa

Respire, Rhéa, respire.
Fred et moi sommes devant une immense maison de maître d'un quartier ultra chic.

Je coule un regard en douce vers Fred qui sifflote un air inconnu en appuyant sur la sonnette. Le temps me semble interminable avant que la porte ne s'ouvre. Machinalement, je me mets en retrait derrière Fred.

— Bonsoir Alice ! Je te présente Rhéa.

— Bonsoir Fred, bonsoir Rhéa, entrez vite, il fait tellement froid.

— « *Hi Rhéaaa !* » hurle soudain une voix nasillarde.

*Oh my God !* En plus d'être défiguré, cet Igor est aussi handicapé mental ? Pourquoi Fred ne m'a-t-il pas prévenue ?

— Salut Obama, répond-il, sans paraître gêné le moins du monde.

Je le suis à contre cœur dans une cuisine *high tech* baignée de lumière. Obama ? Quel drôle de surnom ! Un peu mytho, cet Igor, non ?

Je comprends vite mon erreur : un perroquet s'égosille dans une cage et répète à qui mieux mieux :

— « *Voi-là Rhéaaa, voi-là Rhéaaa !* »

Je n'ai pas trop le choix. Cet étrange animal semble faire partie de la famille.

— Bonjour Obama, dis-je en m'approchant de lui.

Cette phrase a le don de le mettre dans tous ses états. Il renverse sa coupelle de graines, s'élance contre les barreaux et bat des ailes vigoureusement.

— Arrête, Obama, sinon je mets le drap, articule-t-on soudain derrière moi.

— « *Arrrrêêêtte Obama*, répète l'oiseau, très énervé. *Pas le draaap, pas le draaap !* »

— Alors tais-toi.

— Effectivement, voilà Rhéa, dit Fred en se retournant. Elle a fait connaissance avec ton perroquet et elle lui plaît.

Igor se tient dans l'ombre, en retrait de la porte, le visage tourné de profil et les mains dans les poches. Je n'ose pas le regarder. Je tente :

— Il m'a l'air d'un sacré numéro.

— Il a beaucoup de personnalité, approuve Igor.

Sa voix me plaît. Elle est douce, accroche un peu sur certaines consonnes.

— On passe au salon ? propose Fred, estimant sans doute que ses deux élèves hyper pudiques ne diront pas un mot de plus.

— Je vous ai fait du thé, s'exclame Alice, et je vous ai préparé des muffins. Tu aimes ça, Rhéa ?

Je suis intimidée, gênée même. Cette maman me fait de la peine malgré son maquillage élégant et soigné qui met en valeur ses beaux yeux bleus. Elle tortille nerveusement un pendentif en diamant entre ses doigts fins et me regarde avec tellement d'espoir.

Je murmure :

— Oui, bien sûr. Ils sentent très bon.

Nous nous asseyons autour de la grande table et Alice nous sert le thé d'une main qui tremble un peu. Elle dépose sur chaque assiette de porcelaine un muffin décoré d'un glaçage maison digne des pâtisseries les plus chic.

Du coin de l'œil, je vois Igor porter une paille à sa bouche. Il refuse de prendre un muffin, prétextant qu'il n'a pas faim, et personne n'insiste. Le mien a du mal à passer, même s'il est délicieux. L'atmosphère est tendue malgré la présence de Fred. Je n'ai toujours pas regardé Igor en face.

Fred ne prête pas attention à notre silence et bavarde avec Alice. Je comprends assez vite qu'ils se connaissent depuis longtemps et je me sens comme une intruse. Une pièce rapportée.

Lassé par la conversation, Igor se lève et se dirige vers un escalier situé au fond de la pièce. Il lance un rapide :

— J'y vais, Fred.

— On arrive.

Alice s'éclipse, Fred m'invite à le suivre d'un geste de la main et nous montons. Il me conduit dans un petit salon où trône un piano *Steinway & Sons*. Rien à voir avec le mien. Celui d'Igor est un instrument de compet', pas un piano à cinq mille euros payé en quatre fois sans frais. Il doit valoir au moins dix fois plus. Qu'est-ce que je fiche dans ce guêpier ?

Igor nous attend. Le dos droit, le visage fixé sur son piano.

Nous y voilà. Pour de bon cette fois.

Je m'assieds avec précaution sur le tabouret placé à gauche d'Igor et dépose ma partition sur le rebord.

Je comprends enfin pourquoi Fred m'a attribué la *seconda*. De ce côté, je ne vois que le bon profil d'Igor. Une peau lisse parsemée de grains de beauté, quelques poils clairs près du menton, un œil bleu et vif, rehaussé d'un sourcil blond épais.

Bien joué, monsieur le professeur au grand cœur. Je me sens encore plus piégée. Pour la première fois, je m'apprête à lui dire ses quatre vérités et à rompre ma promesse, quand j'entends sa voix chaleureuse :

— On tente une première fois ? Igor, à toi l'honneur, tu démarres ?

Nos épaules et nos bras se touchent presque. Igor pose ses mains sur le clavier. Elles sont belles. Longues, fines. Je n'arrive pas à en détacher mon regard. Igor joue à la perfection. C'est clair, je ne serai jamais à la hauteur. Panique totale.

Fred le laisse interpréter toute la page, puis l'interrompt :

— Superbe. Rhéa, tu essaies ?

— Ok.

Je ferme les yeux. Igor m'impressionne, j'ai une pression monstre. Les changements de clés me narguent.

Les pulsations de mon cœur accélèrent jusqu'à dix sur l'échelle de Richter. Compteur explosé. Plus fort encore qu'un final grandiose de l'*Hymne à la joie*.

# Igor

| pour | contre |
|---|---|
| j'ai pas envie de décevoir Fred | j'aurai envie de disparaître |
| je serai un peu moins seul ??? | je devrai partager Fred |
| | elle a moins de talent que moi |
| | je la mets mal à l'aise et vice-versa |
| | je rougis quand elle me parle |
| | elle est assez mignonne |
| | elle m'énerve à se balancer |
| | elle a failli me frôler l'épaule |
| | on n'a sûrement rien en commun |
| | elle a toute la vie devant elle, elle |

Je m'arrête là, même si je suis capable de remplir cette colonne de mon cahier à l'infini. J'ai des crampes au ventre dès que je me remémore cette première séance. Pourtant, comme l'a répété Fred, « ça s'est plutôt bien passé ». Elle ne s'est pas enfuie et elle n'a pas hurlé. Elle a tenu pendant cette heure interminable sans me regarder. Tous les deux, on s'est soigneusement évités du regard. Si je la croisais dans la rue – ce qui ne risque pas d'arriver –, je ne la reconnaîtrais pas. Je me souviens seulement de ses longs cheveux. Ceux d'une fille normale avec un visage digne de ce nom. Puis de cette écharpe bleu nuit qu'elle a gardée autour du cou pendant tout le cours. Et de ses doigts, bien entendu. Nets, joliment arrondis, avec une bague argentée en forme de spirale autour du majeur droit. Rhéa met du vernis. D'un rose pâle que j'ai déjà vu sur des centaines de mains.

Tout à l'heure, elle s'est montrée hésitante. Elle a accroché deux fois et, à la fin de la première page, un peu loupé le crescendo. Le stress, sans doute. C'est une bonne pianiste, ça se voit. Plus douée pour l'interprétation que pour la technique. Au moment où elle nous présentait sa *seconda*, j'ai perçu l'émotion de Fred. Cette fille doit être remplie de larmes pour jouer avec une telle intensité. Plus je l'écoutais, plus j'entendais qu'elle souffrait. Sa peine devenait visible. C'est triste à dire, mais ça m'a rassuré qu'elle n'aille pas bien.

Bien sûr, ça n'a pas échappé à Fred. Avant de la reconduire chez elle, il m'a lancé un sourire de satisfaction, puis est repassé à la maison une demi-heure plus tard.

— Tiens-toi prêt mardi prochain, Igor. Rhéa et moi, on débarque ! Tu peux être fier de toi.

Le temps du trajet, il avait pris la température et probablement réussi à la convaincre de venir une deuxième fois. Tant pis pour son malaise face à moi, elle n'avait pas osé dire non. Ma mère a applaudi.

— Et mon avis, ça intéresse quelqu'un ?

— Évidemment, Igor. Qu'en dis-tu ?

— Je dois y réfléchir.

— « *Viiiiiive Rhéaaa !* »

Obama a battu des ailes. Il est conquis depuis le début, lui. Je pense même qu'il est carrément *in love.*

# Rhéa

Je ne sais pas quoi penser de ce duo improvisé. Allongée sur mon lit, je passe et repasse la scène dans ma tête. Il faut que je mette des mots.

**À la hauteur ?**

*C'est pas du tout comme quand tu m'écoutais jouer, Alex. Toi, tu étais mon plus grand fan et ça me donnait des ailes.*

*Ici, je me sens jugée par un Cyclope impitoyable, à l'affût de mes moindres faux pas. On dirait qu'il attend que je me trompe. Bêtement, j'avais imaginé quelqu'un de diminué quand Fred m'avait parlé de ce gars défiguré. Tu parles ! Ses mains et ses neurones sont bien en place, crois-moi.*

*Si ça se trouve, Igor ne voudra plus jamais jouer cette* Fantaisie *avec moi.*

*Malgré son handicap, il est très sûr de lui quand il pose ses doigts sur le clavier. Il dégage quelque chose de magnétique.*

*Comme toi, Alex. Tu avais quelque chose en plus. Un petit rien qui changeait tout. Est-ce que c'est ce tout petit rien, ce minuscule grain de sable qui a justement fait grincer les rouages de ta vie ? Je ne le saurai jamais.*

Je suis partagée entre la peur et cette étrange curiosité un peu malsaine. J'ai envie de savoir comment il était, AVANT, cet Igor au visage de Quasimodo. Je suis persuadée qu'il était beau, plein de vie, qu'il était rayonnant.

Depuis son accident, il s'est probablement barricadé dans un monde cadenassé, un coffre-fort gardé par une centaine de soldats armés jusqu'aux dents. Il n'a pas envie que qui que ce soit y mette un pied. Je suis même étonnée qu'il ait accepté de jouer cette *Fantaisie* de Schubert avec moi. Fred a dû être très persuasif, toucher la corde sensible. Facile pour un musicien hors pair. Ce prof pas comme les autres est un peu magicien.

Les rendez-vous avec lui vont me manquer. Depuis qu'il m'a montré les calligrammes chinois, une idée chemine dans ma tête et prend forme. J'ai envie de voyager, sortir, m'évader, découvrir le monde et sa complexité, parler avec les gens dans une autre langue pour mieux voir l'essentiel, me focaliser sur l'implicite et le non-dit, les expressions, les gestes, les intentions.

On se fixe trop sur les mots, en oubliant que le corps a un langage, lui aussi, bien plus explicite qu'un verbe, un sujet et trois compléments alignés bout à bout. On peut communiquer autrement qu'avec les mots, c'est sûr. Car ils mentent parfois, racontent n'importent quoi, jettent de la poudre aux yeux et masquent la vérité. Igor, avec son visage défiguré et ses silences, lui, ne ment pas. J'entends ses émotions à travers les notes. Le message est autre mais il est vrai. C'est la même chose avec moi, je crois. Ce que j'exprime au piano est le reflet du tsunami qui m'a dévastée le quinze mai, me laissant en ruines. La musique remplace les mots qui ne parviennent pas à sortir, ceux qui se sont envolés avec Alex.

Fred a décodé mon SOS, mais si Igor s'arrête au premier degré, il refusera d'interpréter cette *Fantaisie* avec moi.

Le message inattendu de Fred me sort du tête-à-tête avec mon carnet et m'apprend que ce n'est pas le cas :

> Bonsoir Rhéa,
> Si c'est toujours d'accord pour toi,
> RDV chez Igor mardi à 18 h 30
> Bonne soirée,
> Fred

Des dizaines de questions me submergent : « Comment ça s'est passé ? Igor vous a dit quelque chose sur moi ? Il n'a pas trouvé que je jouais comme une débile ? Il s'est moqué ou pas ? Il m'a trouvée nulle, pas douée, c'est ça ? Vous avez dû le supplier de continuer le duo ? Je ne veux pas de compassion, hein ! »

À l'idée qu'Igor ait dénigré mon interprétation, une boule d'angoisse se loge dans mon ventre.

Mais j'écris simplement :

Bonsoir Fred,
D'accord, j'y serai !
Bonne soirée à vous aussi,
Rhéa

# Igor

QUAND JE SORS DE MA CHAMBRE, j'entends les voix de mes parents dans le bureau de mon père. Le ton n'est pas à la fête et monte aussi vite que le niveau de l'eau en pleine mousson. Je m'approche de la porte et surprends quelques mots de leur discussion. Ils parlent du procès qui aura lieu bientôt. Je ne comprends pas le tiers de ce qu'ils racontent. Ils m'ont tenu à l'écart des procédures en cours et règlent tout dans mon dos, sous prétexte que j'ai suffisamment de « soucis ».

D'habitude, mes parents parlent de ce gros dossier tout bas. Si bas que même Obama n'a rien d'intéressant à me répéter. Pourtant, ce soir, leurs échanges montent d'un cran.

— Arrête de crier. Je n'y suis pour rien.

— Mais oui, Alice, c'est moi le grand coupable, le criminel qui va payer jusqu'à n'avoir plus un sou en poche ! Il est taré, ce mec ! Il profite de la situation pour s'acheter une seconde résidence avec une piscine ou quoi ?

— Il ne peut plus nager, je te rappelle... Calme-toi, Igor va nous entendre.

Ça bouge. Papiers qu'on rassemble, tiroirs qu'on referme bruyamment. Je me réfugie dans la salle de bains pour ne pas tomber nez à nez avec eux. Dès que leurs pas s'éloignent, je me faufile dans le bureau. Depuis l'accident, je n'ai plus pénétré à l'intérieur. Mes parents y ont planqué toutes les photos de notre vie d'avant. Cette pièce est devenue le sanctuaire de notre bonheur perdu.

Dès que j'entre, je ferme les yeux pour éviter de voir le grand portrait accroché derrière le bureau de mon père. Une photo prise par ma mère, en Corse, l'été de mes quatorze ans. À tâtons, je retourne un à un les cadres agencés avec soin sur les étagères en acajou. Je regagne le bureau et m'installe, le dos tourné à mon ancien moi. Je passe en revue les documents rassemblés autour du buvard en cuir. Je fouille jusqu'à mettre la main sur un dossier en carton orange aussi épais qu'un dictionnaire, qui porte l'écriture serrée de mon père et la date fatidique du quinze mai. Sur le haut de la pile, un courrier de maître Ramblais.

*Annecy, le 3 décembre 2016*

*Objet : suivi de l'affaire Duprez-Loris*

*Monsieur,*

*Je vous prie de trouver, sous ce pli, de nouveaux éléments relatifs à l'état de santé de M. Loris ainsi que la demande d'indemnisation de son avocat dans le cadre du dossier qui vous oppose.*

*Je vous remercie de prendre connaissance de cette nouvelle requête de la partie adverse et de me tenir informé de vos disponibilités pour un nouveau rendez-vous en vue de la préparation de votre défense dans cette affaire.*

*Dans l'attente de vos nouvelles, je vous prie d'agréer, monsieur, l'expression de mon dévouement respectueux.*

Je découvre deux pages plus loin que Ludovic Loris, le propriétaire de la camionnette percutée par la voiture de mon père, n'a pas récupéré l'usage de ses jambes, malgré des mois d'hospitalisation et de nombreuses tentatives de rééducation. Je serre la feuille blanche à en-tête, effaré. J'ai déjà entendu le nom de cet automobiliste plusieurs fois, sans jamais m'inquiéter de ce qui lui était arrivé. Mon père ne s'en est évidemment pas vanté. Tout se mélange, comme si la souffrance de cet inconnu retirait un bout de la mienne et décuplait la colère qui m'habite.

Papier en main, je fonce au salon où mes parents sont installés devant le film du vendredi soir. Je brandis le document accusateur. Mon père coupe le son, tandis que ma mère bafouille :

— Igor, on ne voulait pas…

— La ferme !

— Ne parle pas comme ça à ta mère.

— Oh toi, tu n'as plus rien à dire. Tu as tout massacré, dans ma vie et dans celle de ce pauvre type ! Je te hais.

Ma dernière phrase les réduit au silence.

— Si j'avais été majeur au moment de l'accident, moi aussi, je t'aurais attaqué.

Mon père a envie de m'empoigner, mais il n'ose pas. Il tente de soutenir mon regard, mais il n'y parvient pas. Alors, il s'en va. Encore quelques répliques aussi cinglantes et il disparaîtra.

# Rhéa

Il n'y a jamais de hasard. Aujourd'hui, pendant le cours d'anglais, Miss Tobias constitue des binômes. Nous n'avons pas notre mot à dire : paf paf paf, elle égrène une litanie de prénoms.

— Vous allez simuler un rendez-vous d'embauche pour un job d'été. Mettez en avant vos qualités. Soyez directs, audacieux mais pas trop. Vous avez trente minutes à vous partager. *Good luck !*

Je me retrouve face à une fille hyper solaire. Soline. À ses oreilles, des boucles d'oreilles en forme de clé de sol oscillent à chaque mouvement. Selon les jours, ce sont des saxos ou bien des portées de notes bleu vif ou rose fluo. Étrange et original. Aujourd'hui, ses ongles sont peints en orange assortis à son top à fleurs.

On ne s'est jamais adressé la parole, mais elle prend vite les choses en main :

— Rhéa, tu commences ?

— Je préfère que ce soit toi.

— Ok !

Je joue le rôle de l'employeur fictif en suivant les indications du poly. Soline maîtrise très bien l'anglais et, quand elle ignore un mot, elle se débrouille toujours pour le dire autrement, tel un chat qui retombe avec grâce sur ses pattes.

Pendant dix minutes, elle enchaîne sur sa passion pour la musique, ses séjours linguistiques à l'étranger, son côté sociable et organisé, dont je ne doute pas une seule seconde.

J'en viens à la dernière question :

— *How do you manage the conflict or a hard situation ?*

Soline tortille une mèche de cheveux :

— *In my life, I didn't have any difficult things to manage, except once, with my boyfriend, Igor. He had a terrible accident and refused my help.*

Je marque une pause et digère cette annonce improbable puis hasarde :

— *The situation got stuck ?*

— *Yes, indeed…*

— *Did you try something ?*

— *There was no solution, he refused to talk.*

Soline s'interrompt, puis me confie :

— C'est vrai, tu sais ! C'est la seule fois où j'ai rien géré ! Moi qui maîtrise tout d'habitude !

— Tu veux dire quoi par « terrible accident » ?

— Ben… le truc horrible. Igor a le visage défiguré. Il est juste devenu…

— Méconnaissable ?

— Pire que ça. Affreux. Un vrai carnage.

— Et donc après… il t'a mise de côté ?

— Exactement. Il ne supportait plus que j'aille le voir à l'hôpital.

— Tu as essayé plusieurs fois ?

— J'ai vite compris qu'il ne voulait pas de moi. La deuxième fois où je lui ai rendu visite, il ne m'a même pas regardée ni adressé la parole. J'ai laissé tomber.

— Tu ressens quoi pour lui maintenant ?

Elle hausse les épaules :

— Quand j'ai vu qu'il faisait table rase de tout ce qu'on avait vécu sans se demander ce que je ressentais, je me suis dit qu'il n'en valait pas la peine. Je l'ai aimé à la folie mais voilà, la roue tourne. Je ne vais pas me morfondre toute ma vie à l'attendre. Mon nouveau mec, c'est Bastien. Moins canon, mais trop marrant.

La voix de miss Tobias nous interrompt :

— On échange les rôles !

La révélation de Soline m'a tellement prise de court que j'ai du mal à remettre mes idées en place. Elle insiste :

— Allez, Rhéa, bouge-toi ! Tes qualités, tes points forts ? Tu le veux ce job ou pas ?

Cette fille se prend pour une battante mais si elle l'était vraiment, elle n'aurait jamais laissé tomber Igor. Elle serait revenue, elle ne l'aurait pas lâché, elle aurait décroché les étoiles pour lui. Soline n'a rien compris. Igor ne la repoussait pas, il attendait qu'elle lui prouve qu'elle tenait à lui, qu'elle était comme ces filles amoureuses des chansons de Piaf, prêtes à aller au bout du monde pour l'amour de leur vie. Je suis en rage contre elle, contre la vie tout court, et très mal à l'aise avec ce secret qui me donne brutalement accès à ce pan de la vie d'Igor. Je fixe bêtement ses ongles orange et ses lèvres rouges. Elle s'exclame :

— Bon, Rhéa, il se passe quoi, là ? Houhou ! T'as vu un fantôme ?

Elle ne croit pas si bien dire.

# Igor

DANS LA CUISINE, MA MÈRE PLEURE, accoudée à la table. J'observe ses épaules tressauter sans savoir s'il vaut mieux m'asseoir à ses côtés ou m'enfuir à l'étage, comme si je n'avais rien vu. Le temps de me décider, elle a senti ma présence. Elle m'offre son visage ravagé par les larmes qu'elle essuie avec les manches de son chemisier blanc, gênée d'être surprise en train de craquer.

— Maman, ne t'inquiète pas. Il va rentrer. Ça va passer.

— Non, Igor, ça ne va pas passer !

Elle se réfugie près de la porte-fenêtre qui donne sur le jardin. Dehors, il gèle et le houx recouvert de givre n'exaucera aucun vœu.

— Ton père et moi, c'est fichu. On n'y arrive plus. Je n'y arrive plus. Je suis écartelée. Toi d'un côté, lui de l'autre. Chacun dans sa souffrance et, moi, au milieu, avec la mienne dont vous vous fichez comme de l'an quarante. C'est lourd à porter. Je n'ai plus la force, plus la force, tu comprends ?

J'acquiesce. Sa tristesse est si flagrante.

— Quand il rentrera, s'il rentre, tu ne te mêles de rien. On va essayer de régler ça le plus calmement possible.

— Régler quoi ?

— Son départ. C'est ce que tu voulais, non ?

Je baisse la tête pour échapper aux yeux de ma mère et à cette vague de culpabilité qui m'assaille, soudain. J'attendais de gagner cette bataille depuis un bail. Pourtant, ma victoire a un mauvais goût de défaite.

Ma mère hausse les épaules et se mouche.

— Comment ça va, toi ?

— Ça va, maman.

Depuis des mois, je n'ai plus sorti cette expression automatique.

— Elle a l'air gentille, Rhéa.

— Peut-être.

— Comment ça, Igor ? Elle t'a fait une remarque ?

— Non.

— Elle a eu un mouvement de recul ? Elle s'est moquée ?

— Non, non.

— Bon, tant mieux s'il n'y a pas de problème.

— « *No problemooo ! Noooo problemo !* »

Alors qu'Obama chante les louanges de Rhéa, les pas de mon père résonnent sur le carrelage du hall.

Quand il pénètre dans la cuisine, il comprend à notre silence que la partie est finie.

— Alice…

Ma mère lève juste la main pour lui demander de se taire. Il reste un moment planté là, puis passe devant moi, le regard à terre, avant de se diriger vers cette chambre qui n'est déjà presque plus la sienne. Un quart d'heure plus tard, les roulettes de sa valise glissent sur le parquet. Pour lui, il n'y aura pas de seconde chance.

Pour Rhéa, par contre, oui. Puisqu'elle a eu le cran de venir jusqu'ici, je veux qu'elle puisse me voir tel que je suis aujourd'hui : un gars à la gueule de travers, qui n'a plus que la rage au creux des reins, une rage si violente qu'elle a tout dévasté.

# Rhéa

JE GRELOTTE SUR LE PERRON de la maison d'Igor, avec Fred, en serrant fort l'écharpe d'Alex entre mes doigts. De l'intérieur, j'entends Obama s'égosiller :

— « *Hi Frrrred, Frrrred ! Hi Rrrrhéa, hi Rrrrrhéa !* »

Un jour, ce perroquet aura une extinction de voix. Pourtant, même s'il me casse les oreilles, je l'aime bien : il me rappelle le perroquet de la Castafiore dans *Tintin*.

C'est Igor qui nous ouvre. Le choc.

J'entends Fred dire :

— Salut mon grand !

Je reste pétrifiée. Ce visage à moitié ravagé de cicatrices et de rougeurs, cet œil droit quasi fermé, cette pommette enfoncée, ce menton cabossé…

J'en veux à Fred de m'avoir amenée là, j'en veux à Igor de m'avoir balancé son handicap à la figure, je m'en veux de rester les deux pieds vissés dans la neige fondue.

Igor se tient debout, droit comme un I, bras croisés, jambes légèrement écartées, nous empêchant de passer la porte. Les flocons piquants entrent dans mes yeux. Je les chasse rageusement. Par provocation, je plante mon regard dans celui d'Igor. Il ne le fuit pas et moi non plus. C'est un mal nécessaire, je ne vais pas continuer à jouer du piano à côté de lui en l'ignorant. J'en ai besoin, il paraît que ça s'appelle un désir « répulsif-attractif » ou je ne sais quoi. Besoin de regarder l'insoutenable pour qu'il ne le soit plus vraiment.

Je l'apprivoise.

Le silence est si fort que j'entends les battements de mon cœur résonner. Au-delà du côté droit tourmenté d'Igor, j'essaie de découvrir autre chose, je me concentre sur la joue gauche, lisse et ferme, légèrement piquée de poils, sur son œil valide qui me fixe fièrement, sur ses cheveux blonds et soyeux.

Voilà, c'est fait, j'ai regardé la vérité en face et je n'ai plus peur. Ce n'était pas aussi horrible que ça.

— Merci, dis-je soudain, presque surprise moi-même.

Igor et Fred éclatent de rire. Vraiment. Un immense rire, un feu d'artifice inattendu qui désamorce tout. Alors, à mon tour, je ris aussi, je pleure à moitié. Igor recule et nous laisse enfin pénétrer dans la tiédeur de sa maison tandis qu'Obama répète en boucle :

— « *Mais il est où, Frrrred, mais il est où, Frrrred ?* »

Ce dernier essuie vigoureusement ses chaussures sur le tapis de l'entrée et nous lance :

— Prévenez-moi la prochaine fois, tous les deux ! Si j'avais su, j'aurais apporté ma combi de ski !

Igor prend nos manteaux et nous propose un thé brûlant.

Merci, Igor, de m'avoir crue capable de te regarder en face sans m'enfuir, sans te juger. Merci de m'accepter dans le cercle où seul Fred a le droit d'évoluer.

### Le sens de la vie

*Tu vois, Alex, les rues se couvrent de guirlandes brillantes, les devantures des magasins s'habillent de blanc, de flocons, de lumières, de féérie. Dans mon cœur, c'est plutôt l'inverse : je n'ai rien envie de fêter du tout. Noël sans toi ne rime plus à rien.*

*Ta sœur décompte les jours depuis ton absence et va tous les jours au cimetière. Elle m'envoie souvent des snaps avec les dernières trouvailles qu'elle pose sur ta tombe. Hier, c'était un ange lumineux. Je n'ai pas su quoi lui répondre.*

*J'aimerais me promener avec toi, sentir le froid qui pique mes joues, partager une gaufre brûlante dégoulinante de chocolat chaud en tenant ta main bien serrée pour que tu ne lâches plus jamais la mienne.*

*Au lieu de tout ça, je me retrouve face à un gars qui a reçu une magistrale claque dans la tête et que j'ai remercié parce qu'il m'a laissée regarder ses cicatrices. Absurde, non ?*

## Igor

Désormais, Rhéa et moi, nous nous regardons droit dans les yeux. Parfois, nous rions même de l'accueil que lui réserve Obama. Certains jours, c'est moins léger. Assis côte à côte, on se gêne, on s'agace, on se crispe. Debout derrière nous, Fred attend que l'orage passe sans s'inquiéter des éclairs.

— Vous maîtrisez de mieux en mieux votre partition. Bientôt, vous accorderez même vos musiques intérieures.

La mienne est nerveuse, ponctuée de sursauts violents et désespérés qui désarçonnent Rhéa, plus douce et posée que moi. En apparence seulement. Elle cache ses craintes et ses hésitations derrière un demi-sourire qui se raidit à la première difficulté ou remarque. Et peut s'emballer à une vitesse folle quand ça ne va pas. Un volcan toujours à la limite de l'éruption.

Ce mardi, elle est arrivée en retard. Son interprétation était lente et maladroite, pleine de cette tristesse qu'elle s'efforce pourtant de dissimuler. Son regard s'égarait loin, dans un lointain où elle devait se réfugier souvent. Si j'avais pu, je l'aurais secouée pour la ramener près de nous.

— Chacun son rythme, Igor. Il vous faudra de la patience pour trouver le vôtre, ensemble.

— Je savais que j'apprendrais moins vite avec elle.

— Tu apprends différemment.

— Elle ne travaille pas assez.

— Elle fait de son mieux avec le temps qu'elle a, crois-moi.

— Je suis sûr qu'elle ne suivra pas au niveau technique.

— Tu as oublié à quel point je suis un excellent professeur ?

— « *Excellent prrofesseurrrr !* »

— Merci, Obama. Bon, concentrons-nous sur ce qui fonctionne, qu'en dis-tu ?

— Ok, mais rappelle-lui de bosser un peu plus.

— C'est ta partenaire et elle sera ravie que tu le lui expliques toi-même.

Fred ne loupe aucune occasion de nous mettre en contact. Et ça marche. De quelques mots timides, nous sommes passés à des échanges de plusieurs phrases. J'ai presque arrêté de rougir en lui parlant. Mon cœur ralentit maintenant la cadence quand il est troublé par sa présence. Il est presque aussi calme que les premières notes de notre *Fantaisie*. Pourtant, Rhéa est très jolie avec ses longs cheveux auburn, ses taches de rousseur et son nez mutin. Même si elle n'est pas mon genre, impossible d'y rester complètement indifférent.

J'ai appris que Rhéa a deux frères, qu'elle aime Chopin, qu'elle a emménagé à Annecy cet été et qu'elle n'a pas repris le Conservatoire. Je n'ai pas osé lui poser d'autres questions. Je les ai gardées pour Fred qui n'a rien lâché, bien entendu.

— Rhéa t'expliquera ce qui lui est arrivé quand elle en sera capable.

En attendant, elle me cache ce qui la rend malheureuse et j'imagine ce qu'elle a peut-être vécu. Je liste des tas de trucs catastrophiques et macabres. Elle me prendrait pour un taré si elle le savait. Son mal invisible me tient en haleine comme les dernières minutes d'un film d'action.

À la maison, le suspense est aussi à son comble. Mon père a repointé le bout de son nez alors que je répétais de nouvelles pages de ma *prima*. J'ai laissé Schubert de côté pour écouter, du petit salon, sa voix ferme et sans appel.

— Je suis son père. J'ai le droit de le voir. Il a réussi à me chasser de notre maison, mais il ne parviendra pas à m'exclure de sa vie.

— Pour le moment, Igor n'accepte pas de te parler.

— Je ne lui laisserai pas le choix.

— Attends que les choses se tassent, que le divorce soit prononcé.

— Non. Pour l'épithèse, c'est urgent.

— Tu sais qu'il est totalement contre. Nous ne pouvons rien faire.

— Tu oublies l'autorité parentale.

— Je ne contraindrai jamais mon fils à quoi que ce soit.

— Enfin, Alice ! C'est la meilleure et unique solution, tu me l'as déjà dit.

— Oui, mais le Dr Simonis a expliqué qu'Igor devait être partant.

— Il le deviendra dès qu'il découvrira son nouveau visage.

— JAMAIS !

J'ai largué ce refus catégorique du haut des escaliers avant de me poster face à mon père.

— Je ne veux pas de cette épithèse, c'est clair ?

— Très. Et je vais empêcher que ton obstination t'amène à commettre une grave erreur.

— C'est pour toi que tu veux que je la fasse. Pas pour moi !

— Pour toi d'abord, pour moi ensuite, c'est vrai.

— Sale égoïste !

— Ludovic Loris ne retrouvera jamais ses jambes. Il est fichu. Toi pas. Alors, que tu le veuilles ou non, tu feras cette putain d'épithèse !

— Ça m'étonnerait. Maman s'y opposera de toute façon.

— On se sépare mais elle n'est pas forcément contre moi, Igor.

Ma mère se tait, à nouveau incapable de choisir de quel côté se ranger.

— Demain, je téléphone au Dr Simonis et je réserve ta place pour cette opération.

— Je m'en fous, j'irai pas.

Il s'approche, relève mon menton cabossé et fourre enfin ses yeux bleus au fond des miens.

— Tu as raison. Nous irons. Tous les trois.

Mon père a déserté la maison, mais il est bien résolu à encombrer ma vie.

# Rhéa

À PRÉSENT, LORSQUE NOUS NOUS INSTALLONS sur les tabourets, face au piano, il n'y a presque plus de gêne entre nous, même quand je frôle la main gauche d'Igor ou son bras.

À la maison, je travaille ma *seconda* d'arrache-pied. Pas question de ne pas être à la hauteur de son talent, je dois absolument retrouver le mien. Question d'honneur.

Alors que je prépare ma partition et ma carte de bus pour partir chez Igor, mon portable vibre.

**Fred**
Bonsoir miss,
J'ai un empêchement de dernière minute
Soit tu annules ta leçon avec Igor, soit tu y vas toute seule. C'est comme tu veux
Je te donne son n° de portable, ce sera plus facile pour vous arranger

À jeudi prochain, désolé !
Bonne soirée
Igor : 06 18 56 78 24

Je ne réfléchis pas longtemps : j'ai bossé ma cinquième page comme une folle, je n'ai pas envie de rester chez moi. Mais avant ça, j'ai besoin d'avoir la réponse à une question qui tourne depuis des jours dans ma tête.

Bonsoir Fred,
Je vais y aller quand même
Je voulais juste vous poser
une question avant :
est-ce qu'Igor est au courant
pour Alex ?
Bonne soirée,
Rhéa

**Fred**
C'est chouette que tu y ailles
Igor sait que tu as vécu un drame
mais il ignore lequel. C'est ton histoire,
tu la partageras avec lui si tu en
as envie. À bientôt !
Fred

Soulagée, j'enfile mon manteau. J'ai passé une mauvaise journée, cette sortie va me changer les idées. Dans le bus, je rumine la conversation de ce matin avec Jeanne.

Slt Rhéa, ça va ?
Tu pars au ski pour Noël avec Louise,
Juline et tte la bande je suppose ?
Moi ils ne m'ont pas invitée

**Moi**
Slt Jeanne, ah ben nan tu vois,
j'étais pas au courant

**Jeanne**
Ah mince, dsl
Juline va peut-être t'appeler ?
Apparemment ça se passe dans
le chalet de ses grands-parents
à Morzine

**Moi**
De tte façon j'ai pas envie

Des larmes de rage contenues me brûlent la gorge en repensant aux mots de Jeanne et à la trahison de Juline. Ça y est, je suis éjectée pour de bon cette fois, bien qu'une petite voix intérieure me souffle que j'y suis pour quelque chose. À force de les éviter, ça devait arriver.

Face à Igor, je déverse ma colère :

— Je te préviens, je suis de mauvaise humeur.

— Ça tombe bien, moi aussi.

— « *Moi aussi, moi aussiiii !* » hurle Obama.

Je souris malgré moi :

— Au jeu du plus grognon, je suis sûre que je te bats.

— Pas sûr.

— Vas-y, raconte.

— Toi d'abord.

— Mes copines partent au ski pour Noël, sans moi, avec leurs nouveaux amis.

Igor lève son sourcil gauche.

— T'avais envie d'y aller ?

— Je sais pas.

— Ben, tu t'en fous, alors ?

Je suis déçue de sa réaction. Il ne comprend rien et je lui en veux soudain. Hop, tout le monde dans le même panier, c'est plus facile.

Il me jette un regard en coin :

— Je plaisante, Rhéa. C'est pas cool de te lâcher.

Je lui donne une petite tape sur l'épaule en signe de protestation. C'est un geste machinal que j'ai toujours fait quand Alex me provoquait. Igor a l'air surpris et frotte son épaule comme si je lui avais donné un coup mortel.

— Tu m'as démonté le bras !

Un sourire déformé traverse son visage. On éclate de rire.

— Bon, à toi maintenant. C'est quoi qui te rend de si mauvaise humeur ? Obama t'a empêché de dormir ?

Igor lève les épaules, insensible à mon trait d'humour malvenu.

— Je me suis embrouillé avec mon père. Encore une fois. C'est à cause de cette foutue épithèse faciale.

— De quoi ?

— Une prothèse dans une matière très souple qu'on poserait sur mon visage à l'aide d'implants. C'est censé me redonner une apparence plus… plus…

Il se tait, alors je suggère :

— Normale ?

— C'est ça, grommelle-t-il avec colère.

— Et toi, t'es pas d'accord ?

— Pourquoi je le serais ?

— Parce que ça te ferait du bien…

— Du bien ? Tu déconnes ! Tu sais ce que c'est de passer des heures au bloc, de te réveiller avec des perfusions partout et des douleurs si atroces que tu voudrais mourir, de découvrir ton visage si gonflé qu'on dirait un pudding éclaté et de t'entendre dire que « vraiment, là, c'est beaucoup mieux ! » alors que tu ressembles aux frères Bogdanov, en pire ?

L'image me fait sourire intérieurement, mais le ton m'exaspère. Moi aussi, la douleur, je connais. Dernière tentative pour calmer le jeu puis basta.

— Tu ne penses pas que l'épithèse ferait des miracles ?

— Non. Les miracles, ça n'existe pas. Sinon ce con d'airbag aurait permis que je m'en sorte sans une égratignure et j'aurais fait les gros titres des journaux.

Igor prend une voix maniérée : « Un adolescent s'en sort indemne malgré le terrible choc frontal qui aurait pu le défigurer », puis s'étrangle de rage. Si bien qu'il ne s'aperçoit pas que je bous comme un geyser avant l'explosion et se trouve surpris quand je lui rétorque, glaciale :

— Oui, tu as raison. Les miracles, ça n'existe pas. Rassure-toi, je suis aussi bien placée que toi pour le savoir !

Il quitte le petit salon, sans un mot. Je reste immobile devant le Steinway & Sons. La voix nasillarde d'Obama me fait soudain sursauter :

— « *Défigurrrré, Igorrr, défigurrrré !* »

# Igor

CETTE RÉPÉTITION S'EST TRANSFORMÉE EN CAUCHEMAR. On était censés jouer Schubert. Seulement jouer Schubert. Quel con ! Pourquoi j'ai parlé à Rhéa de cette maudite épithèse ? Pourquoi j'ai cru qu'elle comprendrait, elle ? Elle ressemble à tous les autres. Elle a juste un peu plus de courage. Adossé à la porte de ma chambre, je cherche un peu d'élan pour retourner dans le petit salon et lui demander de partir, avec une fausse indifférence.

Quand je reviens près du piano, Rhéa a déjà disparu. Ouf. Elle aussi attendait une bonne excuse pour arrêter ces cours. Au rez-de-chaussée, Obama déplore le départ de sa belle.

— « *Rhéa, Rhééaaa !* »

Il est vraiment insupportable. Il va se retrouver sous son drap avant de prononcer ce prénom une troisième fois. En approchant de la cuisine, je m'arrête net. Rhéa est plantée devant la cage d'Obama et s'énerve toute seule de notre discussion bien salée.

— Ce qu'il peut être désagréable ! Comment tu fais pour le supporter dans ces cas-là ? Tu trouves pas qu'il exagère, toi ?

— « *Triiiiiiste ! Exagèèèèère !* »

— Oui, il est triste. Et alors ? Moi aussi, je suis triste, Obama, tu peux pas imaginer.

— « *Pas grave, Rhéa, pas grrrave !* »

— Alex me manque tellement. Tellement, tellement.

Le chagrin que Rhéa cache d'habitude si mal a un prénom et je reste là, désemparé et avide d'en savoir plus.

— J'ai pas su l'écouter alors qu'il avait besoin de moi. Pardon, Alex. Pardon.

— « *Aleex ? Où Aleeeeeex ? Oùùùù Aleex ?* »

Obama continue d'appeler cet invisible inconnu, tandis que Rhéa commence à pleurer. Sa tristesse est insoutenable tant elle fait écho à la mienne. Et soudain, je crie :

— Tais-toi, Obama ! Tais-toi !

Je pose ma main sur l'épaule de Rhéa. Je ne dis rien. Je sais que les longs discours ne sont d'aucune utilité dans ces cas-là. Je me contente de renforcer la pression de mes doigts sur son pull en laine. Peu à peu, elle se calme.

— Merci, Igor.

Elle se dégage et se tourne vers moi.

— Je n'arrive pas à me remettre du départ d'Alex.

— Ça prendra du temps.

— Oui, du temps, c'est toujours ce qu'on dit. Mais j'ai à la fois envie que ça aille mieux et que ça n'aille pas, tu vois ?

J'acquiesce.

— Je suis bête, bien sûr que tu vois. T'es aussi un spécialiste niveau tristesse, hein ?

— Ça se remarque tant que ça ?

— Juste un peu !

On sourit, gênés de partager ce qu'on garde d'habitude au fond de nous.

— Désolée, pour tout à l'heure.

— *Idem*, Igor.

Des questions se pressent au bord de mes lèvres et je me lance, pressé de me débarrasser de ces excuses auxquelles je ne suis pas habitué.

— C'était qui, Alex ?

— Mon petit copain, mon meilleur ami, mon frère de cœur, tout quoi !

— Qu'est-ce qui lui est arrivé ?

À l'instant où je prononce la phrase, je m'en veux de l'avoir posée, sans détour. Rhéa articule dans un sanglot :

— Le train.

— Un accident ?

— Non. Alex… Alex s'est suicidé.

Rhéa met son poing devant sa bouche, comme si c'était la première fois qu'elle utilisait ce mot trop cru pour elle. Nous restons silencieux un long moment et, pour une fois, Obama n'en rajoute pas. C'est le chahut à l'intérieur de moi. J'essaie d'imaginer ce que c'est de perdre quelqu'un qu'on aime, et ce que j'aurais fait si Soline s'était donné la mort. J'essaie de ne pas comparer la souffrance de Rhéa à la mienne. De ne pas la minimiser, de la comprendre. Et, surtout, de ne pas lui en vouloir d'être aussi malheureuse que moi. Avant, j'avais l'exclusivité. J'étais hors catégorie dans le drame. Aujourd'hui, tout a changé. Il y a Ludovic Loris. Et Rhéa.

## Rhéa

*Deux secondes en moins*
*Sur l'échiquier du temps*
*Les effacer, les balayer,*
*D'un revers de la main*
*Comme si elles n'avaient jamais existé*

*Les prendre et les jeter loin*
*Leur tordre le cou*
*Et faire disparaître*
*Leurs traces ensanglantées*
*À tout jamais*

*Deux secondes en moins*
*Pour que l'irréparable*
*S'oublie*
*Se noie*
*Dans la brume du passé*

*Pour que revienne*
*Le bonheur*
*Pour que reparte enfin*
*Mon cœur*

*Qui pourrait m'offrir*
*Ces deux minuscules secondes d'éternité ?*
*Et les rendre aussi*
*À ceux dont la vie a basculé*

*Pour ces deux secondes*
*De trois fois rien*
*Qui ont tout changé.*

*Rhéa, le 16 décembre 2016*

# Igor

Ce mardi, Fred arrive avec un peu d'avance, comme s'il avait senti à distance que j'avais besoin de me retrouver seul avec lui. On savoure le thé des Sages, brûlant.

— Rhéa m'a expliqué pour Alex.

— Elle a confiance en toi. Et toi ?

— Plus ou moins. De toute façon, je n'ai rien à cacher, moi. Dès qu'on me voit, on a tout compris.

— Tout le monde a ses mystères, Igor.

— Toi le premier. Mais j'ai compris ton petit jeu, tu sais. Le piano et le duo, tu t'en fiches.

— Pas du tout.

— Tu voulais juste qu'on se rencontre parce qu'on est pareils, Rhéa et moi.

— Je vous trouve très différents, au contraire.

— On est tous les deux très malheureux.

— Mais vous ne le resterez pas.
— Parce que Fred le super-héros va nous tirer de là ?
— Non. Parce qu'un jour vous déciderez d'être heureux, malgré tout.
— C'est ce que tu as choisi, toi ?
— C'est ce qu'on m'a aidé à choisir, oui.
La discussion se déroule sans que mon désespoir torde mon estomac, sans que j'aie même envie de hurler aux oreilles de Fred que la vie est injuste. Il est au courant, lui aussi.

En attendant l'arrivée de Rhéa, il pianote sur les touches avec désinvolture.
— Tu connais ce morceau, cher élève ?
— Satie ?
— Bingo ! *Airs à faire fuir n°1*. Et figure-toi que j'ai une question à faire déguerpir. Prêt ?
— Encore l'épithèse, je parie.
— Pas du tout.
— Alors vas-y.
— Comment tu envisages ton avenir dans la musique ?
— Je vais continuer à jouer ici, avec toi et Rhéa, tant qu'elle ne se lasse pas. C'est quand même plus excitant de jouer pour des gens.
— Tu trouves ?
— Je te vois venir. J'ai renoncé à mon rêve d'en faire mon métier. C'est impossible.

— Tu n'es pas encore manchot ou cul-de-jatte, que je sache !

— Ni fou. Je n'ai pas envie de me retrouver dans une salle de concert pleine à craquer devant des gens qui me regardent comme un alien.

— Igor, j'ai pris mes renseignements au Conservatoire. Tu pourrais poursuivre ton cursus sans le présentiel. Monsieur de Fontayne t'estime capable de travailler à distance, chez toi. Il faudrait juste que tu viennes pour les examens et il est d'accord de les organiser avec un jury restreint, sans public. Ça vaut la peine de tenter le coup, non ?

— J'en sais rien.

Fred écarquille les yeux comme si une nuée de guêpes lui avaient piqué les fesses.

— Igor n'a pas dit non d'emblée, tu entends ça, Obama ?

On éclate de rire quand le perroquet se met à m'acclamer aussi.

— Tu as tout le temps de te décider. On peut t'y préparer et, au moment venu, on avisera.

— C'est un boulot de dingue ! Le morceau imposé, le morceau libre, plus le duo !

— À moins que la *Fantaisie* serve pour le libre.

— Comme je suis naïf ! Tu as pensé à tout, depuis le début.

— Non, l'idée m'est venue il y a quelques jours, comme vous avancez très bien dans la partition. Je te laisse en parler à Rhéa quand tu le sens, d'accord ? Ce serait vraiment bien, Igor.

Je n'ose pas lui gâcher sa joie. Surtout qu'elle me contamine un peu. Un tout petit peu.

# Rhéa

J'appelle Juline pour lui dire que je suis vraiment en-chan-tée qu'elle parte au ski pour Noël avec Louise et sa bande de nouveaux potes, dont je ne fais apparemment plus partie, puis je lui livre le fond de ma pensée pour être certaine qu'elle a bien compris mon ironie.

— *C'est nul, Juline. T'es une amie ou quoi ?*

Elle est super gênée et essaie de se rattraper en bafouillant des excuses aussi inutiles que celles de Pinocchio quand son nez s'allonge.

— *Tu comprends, Ré', si je t'invite, tu ne te sentiras pas bien avec la bande… On est très complices, on rigole tout le temps, ça va te faire de la peine. On se verra une autre fois ?*

— *Arrête de penser à ma place ! Tu aurais au moins pu me poser la question, espèce de faux-cul !*

— *Calme-toi, Rhéa.*

— *Non, je n'ai pas envie de me calmer. Vous m'éjectez de votre vie, c'est dégueulasse.*

— *Je suis désolée que tu le prennes comme ça.*

— *Ah, parce que je dois le prendre comment, à ton avis ?*

Juline hésite, puis avoue :

— *On ne sait pas quoi faire quand on est avec toi. On a l'impression que tu nous juges quand on s'amuse. Que tu nous en veux quand on rigole...*

BAM.

Pour ne pas perdre la face, je rétorque :

— *C'est pas grave, de toute façon, ma mère avait prévu qu'on parte quelques jours, j'aurais pas pu venir. Salut.*

Je raccroche sans lui laisser le temps de dire un mot, puis déchire la photo que j'adorais, celle qui était aussi affichée sur le mur de la chambre de Louise.

Ça ne calme pas ma colère.

Ma montre indique 17 h 50. Je suis en retard pour la leçon de piano chez Igor. M'en fous, je vais pas y aller.

À quoi ça sert, de toute façon ? À quoi ça sert cette vie où on tisse des liens bien serrés, si c'est pour les arracher ensuite, lambeau par lambeau ? C'est trop douloureux, je n'en peux plus, je n'ai plus envie.

18 h 40. Mon portable sonne.

*Hello miss, c'est Fred. On t'attend avec Igor. Tu as un souci ? À tout de suite !*

J'hésite à répondre. Je suis fâchée contre le monde entier et tellement, tellement triste.

18 h 50. J'écoute le deuxième message que Fred vient de laisser.

*Rhéa, ça va ? Ce soir, je peux rester un peu plus longtemps, donc si tu veux encore travailler avec nous, il n'y a pas de problème. Tiens-moi au courant stp.*

Je finis par écrire :

Je me sens pas bien. Me suis disputée avec
ma copine Juline et j'ai pas le moral. Désolée

Fred répond du tac au tac :

Raison de plus pour venir te changer les idées
Igor a préparé un brownie, tu ne sais pas
ce que tu manques ☺
Et puis Obama nous casse les oreilles
il ne comprend pas pourquoi tu n'es pas là
Il ne veut rien entendre
Je crois qu'il est amoureux

Je ris malgré moi.

Ok, j'arrive

Quinze minutes plus tard, Fred m'ouvre dans un effluve chocolaté qui me met l'eau à la bouche. Je n'ai rien avalé depuis midi.

— « *Trrrrès belle Rhéa, trrrrès belle Rhéa !* »

— Toi aussi tu es beau, lui dis-je en caressant ses plumes du bout des doigts à travers les barreaux.

— Le plus beau, le plus beaueau ! s'égosille l'oiseau en éparpillant ses graines.

Igor me tend une assiette avec une énorme part de brownie :

— J'ai dû empêcher Fred de tout manger.

Fred me verse une tasse de thé. Aucun des deux ne fait la moindre remarque sur ma mine contrariée. Je les regarde. Fred et son sourire bienveillant, Igor et son visage cabossé. Est-ce que je poursuis un morceau de chemin avec eux, quitte à me faire mal encore une fois ? Est-ce que ça en vaut la peine ?

— Tu es prête, miss ? dit simplement Fred lorsque j'ai tout avalé. Igor m'a montré ce qu'il avait répété cette semaine, à ton tour de nous épater.

— Il faut que j'aille me laver les mains. Le chocolat sur les touches, c'est pas top.

— Troisième porte à droite, me dit Igor en se levant. On t'attend au petit salon.

Je me dirige vers la salle de bains, mais je me trompe et me retrouve dans une vaste pièce. Un grand bureau trône au milieu, assorti d'un fauteuil de cuir noir et de rangées d'étagères remplies de dossiers.

Mes yeux sont attirés par un portrait. Un portrait immense, accroché dans un cadre de verre sur le mur couleur lin derrière le bureau. J'ai un coup au cœur.

Je découvre Igor bronzé, aux yeux bleus pétillants de vie et au sourire ravageur. La photo a été prise à la plage, on aperçoit des rochers et le ciel d'un bleu étincelant derrière lui.

Le souffle coupé, je tourne les talons, referme la porte en tremblant et rejoins Fred et Igor. En m'asseyant sur le tabouret, je réalise que je n'ai pas mis les pieds dans la salle de bains.

L'ancien visage d'Igor rayonne dans ma mémoire. Mon Dieu ! Pourquoi, pourquoi toute cette injustice ?

— Rhéa, tu es avec nous ? demande Fred. Igor voulait répéter la page sept, c'est bon pour toi ?

— Igor, tu peux jouer un peu tout seul, avant ? J'ai besoin de me remettre dans l'ambiance.

— Si tu veux.

Dès que les notes s'élèvent, une envie irrépressible de me fondre dans la mélodie m'envahit. Merci Schubert, merci la musique. Cinq minutes plus tard, mes mains se posent à leur tour sur le clavier et j'oublie, un instant, tout mon chagrin.

## Igor

POUR PRÉPARER NOTRE DERNIÈRE SÉANCE de l'année, Mme Jacquelin m'a demandé de dresser un bilan. J'ouvre mon cahier bleu pour lui montrer les schémas que j'ai dessinés sur le papier quadrillé.

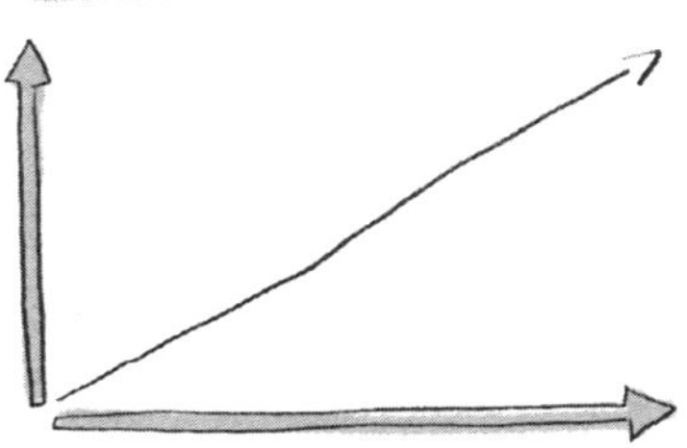


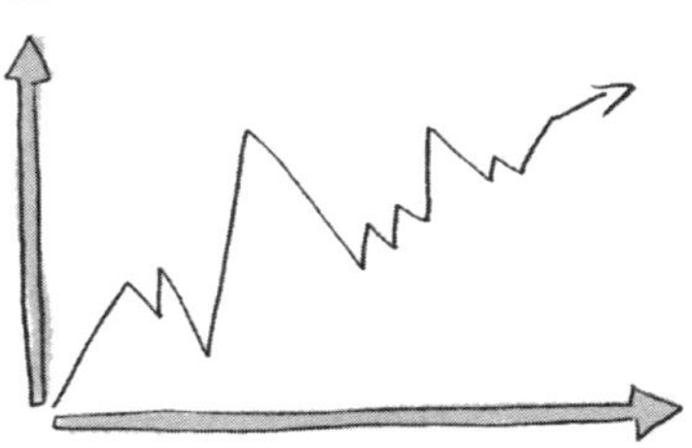

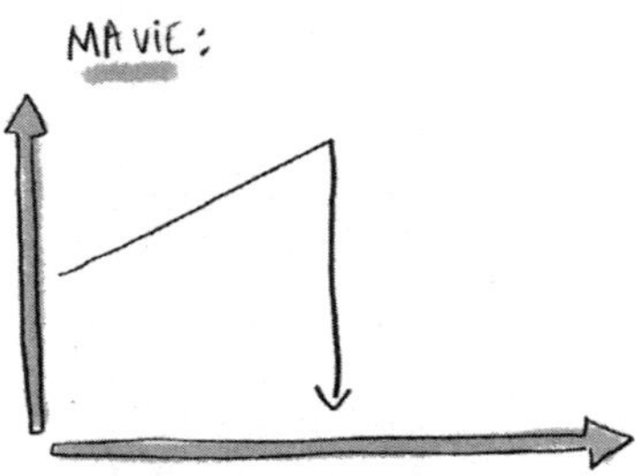

Elle les regarde longtemps, sans rien dire. Elle me propose de les commenter, m'écoute et soupire :

— Bon. Restons-en là pour aujourd'hui.

Je ne lui explique pas que j'ai remis Fred dans la colonne J'ai de mon tableau, page neuf. Et que j'ai ajouté Rhéa. Je lui souhaite un joyeux Noël et de bonnes vacances au ski. À voir sa tête, elle en a bien besoin.

# Rhéa

Les vacances de Noël sont là. Plus de lycée pendant quinze jours, c'est une bonne nouvelle, parce que, même si mes notes remontent, c'est encore une torture d'aller en cours tous les jours.

Lire m'empêche de penser.

De penser à Alex, à ce qu'on aurait pu faire tous les deux pendant ces vacances. Aller voir le *thriller* qui passe au ciné, faire du shopping pour trouver nos cadeaux, manger des crêpes, prendre des photos devant le sapin gigantesque de la place, se serrer fort tout en haut de la grande roue. Rire sans penser à rien, sans penser à ce qui pourrait arriver demain.

Sans penser à Juline, à Louise et à leur bande en train de s'éclater sur les pistes de ski.

Sans penser à Jeanne et à sa tristesse, à sa mère, à son père, broyés par le chagrin et l'absence. Ils ont mis un petit sapin allumé sur sa tombe. Jeanne m'a envoyé un nouveau snap hier, puis m'a dit qu'elle partait une semaine sous le soleil de Martinique avec sa mère pour ne pas réfléchir à Noël. Pourvu que ça marche. Elles méritent tellement d'être heureuses !

Sans penser à Igor et à son avenir en pointillé, avec son visage abîmé.

Ma mère a pris quelques jours de congés. Cet après-midi, elle veut qu'on décore l'appartement. Elle a sorti les trois caisses de guirlandes, de boules, de bougies et de personnages en feutrine dont elle raffole. Je ne peux pas lui refuser ça. À Tibère non plus. Il est tout excité et sautille dans son jean déchiré aux genoux. Ses joues rondes sont toutes rouges.

Ensuite, on ira à la patinoire tous les quatre. Ma mère fait des efforts, je dois en faire aussi.

Mon portable vibre.

**Fred**
Salut Rhéa,
Ces paroles de Grand Corps Malade, pour toi.
Clique sur le lien ☺
Joyeux Noël, je t'embrasse

Dès les premières lignes de cette chanson, un frisson se glisse dans mon dos.

### ***Fantômes***

*Ce texte, il est pour moi. Pour toi aussi, Alex.*

« C'est pas vraiment des fantômes, mais leur absence est tellement forte qu'elle crée en nous une présence qui nous rend faibles, nous supporte.

C'est ceux qu'on a aimés qui créaient un vide presque tangible, car l'amour qu'on leur donnait est orphelin, il cherche une cible.

Pour certains on le savait, on s'était préparé au pire, mais d'autres ont disparu d'un seul coup, sans prévenir.

On leur a pas dit au revoir, ils sont partis sans notre accord, car la mort a ses raisons que notre raison ignore. Alors, on s'est regroupés d'un réconfort utopiste. À plusieurs on est plus forts, mais on n'est pas moins tristes.

C'est seul qu'on fait son deuil, car on est seul quand on ressent. On apprivoise la douleur et la présence de nos absents. »[1]

*Moi aussi je te cherche partout. Tu es dans ma tête.*

---

1. Le texte complet de *Nos absents* peut être consulté sur www.paroles-musique.com

# Igor

CETTE ANNÉE, il n'y a ni bûche ni cadeaux de Noël sous le sapin. Seulement mon père qui passe plusieurs après-midis à la maison pour faire ses cartons. Pendant ce temps, ma mère file chez Papou, et Obama est désespéré.

— « *Pas partirrr ! Pas partirrr !* »

Il a même essayé avec un « s'il te plaît », le pauvre.

De mon côté, je me barricade dans ma chambre, casque sur les oreilles et mangas entre les mains. Je dévore une nouvelle série que Rhéa m'a rapportée de la bibliothèque où elle va chaque mercredi. Comme c'est les vacances d'hiver, elle en profite pour bosser un peu plus notre *Fantaisie*. Elle ne me l'a pas dit, mais je le sais. Ses mains se baladent sur le clavier avec plus d'assurance et de légèreté. Le temps des congés, Fred nous donne deux cours par semaine. Il nous félicite souvent et on accepte ses compliments comme de fabuleux présents. La semaine dernière, il m'a apporté la partition du morceau imposé : une sonatine de Ravel.

— Tu la déchiffres un maximum, et on regarde ensemble ensuite, d'accord ?

— On verra.

Je n'ai pas encore parlé à Rhéa de l'éventuelle-très-hypothétique-possibilité-vraiment-improbable de présenter Schubert à l'examen au Conservatoire au mois de mai. L'idée de Fred me plaît autant qu'elle m'effraie. Depuis l'accident, je freine des deux pieds en cas de danger. Rhéa n'a pas l'air plus fonceuse que moi. Elle n'a sûrement pas arrêté son cursus par hasard. Son Alex était peut-être musicien…

En fin d'après-midi, mon père tambourine à ma porte, fermée à clé.

— Igor ! Igor !

Sa voix couvre la douce *Nocturne* de Chopin. Je me concentre sur la mélodie pour ne pas l'entendre.

— Ouvre-moi !

Il secoue la clenche plusieurs fois, puis se lasse.

— Bon, comme tu voudras. Fais gaffe en sortant, j'ai déposé quelque chose pour toi.

Je retire mes écouteurs et, dès que le moteur de sa voiture démarre dans l'allée, je vais chercher le mystérieux paquet qu'il a laissé sur le parquet. C'est un large coffret en bois que je reconnais immédiatement. Mon père a placé sur le couvercle une enveloppe où est inscrit mon nom à l'encre noire.

*Igor,*

*J'ai retrouvé notre jeu fétiche en déblayant une de mes armoires. Te rappelles-tu combien on aimait y jouer quand tu étais plus jeune ? On y passait des heures et on l'emmenait partout avec nous, en vacances, chez le dentiste et chez Mamy. Au fil des parties, tu as réussi à me mettre échec et mat de plus en plus souvent. Tu savourais ta victoire, très fier. Un peu comme aujourd'hui. Sauf qu'aujourd'hui, il ne s'agit ni de roi ni de reine sur un échiquier mais de notre famille, dans la réalité.*

*Revenir en arrière, voilà ce qu'il faudrait pour retrouver notre bonheur déjà si loin. À la place de quoi, nous avons devant nous encore beaucoup d'années, avec ta « sale gueule » comme tu dis, et toute ma culpabilité. J'aimerais qu'on essaie, ensemble, qu'elles ne soient pas un calvaire. Je comprends ta rage. Je l'entends dans tes cris, tes larmes et ton silence. Elle est immense et balaye l'amour que tu as pour moi. Le mien reste intact et me permet de résister à ta haine. Tu peux l'exprimer autant que tu veux, je ne faiblirai pas.*

*J'ai appris que tu passes la Saint-Sylvestre chez Fred. J'aurais tant aimé être avec toi ce 31 pour te promettre des jours meilleurs. Puisque c'est impossible, je viendrai te chercher à dix-neuf heures pour te conduire là-bas. Ta mère est au courant et m'a donné son accord pour effectuer ce trajet. Il est temps que tu acceptes de me voir et de remonter en voiture avec moi. Pour nous deux. On va terminer cette horrible année par une grande avancée. Et tant pis si, ça aussi, je dois te l'imposer.*

*À bientôt donc,*

*Papa*

# Rhéa

FRED NOUS L'AVAIT DIT : il faudra développer une complicité si on veut s'améliorer. Facile à dire quand on se connaît depuis deux mois à peine.

Je m'entraîne à fond pendant ces vacances. Ma *seconda*, je veux la connaître sur le bout des doigts, les yeux fermés. Je veux que les notes glissent sans effort, qu'elles surprennent Fred, qu'elles soient en harmonie avec celles d'Igor. Je connais tellement cette musique que je la fredonne sans m'en rendre compte. Ma mère et mes frères n'en peuvent plus. Pas grave, dans quelques mois, ils n'auront plus à me supporter. Dans ma tête, une idée trace son chemin sur la pointe des pieds. J'y pense de plus en plus. Un besoin, une envie d'évasion, de respiration.

Tout à l'heure, je m'en vais. Fred nous a invités pour le réveillon de la Saint-Sylvestre, Igor et moi. Ma mère a d'abord dit non, comme d'habitude, puis s'est laissé convaincre.

Il veut nous présenter une personne qui compte beaucoup pour lui : je suis super impatiente de la rencontrer. Je l'imagine aussi brune que lui, musicienne bien sûr, avec une voix enjôleuse et rieuse à la fois. Je suis certaine qu'elle a une personnalité extraordinaire, à la hauteur de celle de Fred. C'est génial qu'il ne soit plus tout seul.

Le père d'Igor nous conduit chez Fred. Il est grand et athlétique, hyper élégant dans sa veste noire, et je remarque immédiatement sa ressemblance avec son fils. Lorsque je m'assieds à l'arrière de la voiture, je ressens une tension immense entre eux. L'impression de traverser un champ électrique, d'être oppressée sans savoir pourquoi.

Igor ne desserre pas les dents et j'observe le profil de son père, la mâchoire serrée, un petit tic nerveux au coin de la bouche. J'ai hâte d'arriver. Ce silence pèse trop lourd.

Nous y voilà enfin. Igor referme la portière d'un coup sec et s'éloigne sans dire au revoir.

Fred nous accueille avec un sourire qui dégèlerait un iceberg. Il semble heureux de nous voir chez lui et nous précède dans son salon arrangé à l'asiatique. Zen et sobre, comme lui. J'adore.

— Igor, Rhéa, je vous présente ma très, très chère Ava. Ava, voici mes deux amis pianistes.

Une vieille dame au visage ridé comme une pomme et aux grands yeux bleu clair vient à notre rencontre en boitillant. J'en reste muette : *exit* l'amoureuse que j'avais imaginée !

Ava plonge son regard dans les nôtres, nous prend les mains et les serre fort. On dirait la vieille chamane dans *Frère des ours* de Disney.

— Comme je suis heureuse de vous rencontrer ! dit-elle avec un accent étranger très prononcé. Fred m'a tellement parlé de vous.

Ava n'y va pas par quatre chemins, elle dit tout haut ce qu'elle pense tout bas :

— La vie ne vous a pas fait de cadeaux à vous non plus, mes petits. Mais je lis dans vos yeux que vous êtes forts. C'est bien. Continuez.

Ses paroles flottent dans l'air longtemps après qu'elle les a prononcées. Je me demande bien ce qu'Igor en pense, il n'a pas dit un mot.

Le repas est délicieux. Igor et moi ne parlons pas beaucoup, mais Fred et Ava entretiennent la conversation. Ava vient d'un petit village de Roumanie et elle a des centaines d'anecdotes à partager sur son enfance à la dure et son exil vers la France lorsqu'elle était adolescente.

Au moment du gâteau, Fred éteint la lumière et allume des bougies. Il s'assied au piano et nous nous installons dans le canapé.

Je pose ma tête sur l'épaule d'Ava. Elle sent une odeur de cannelle et d'épices.

Fred joue quelques notes très douces, puis commence :

*Il était une fois un jeune homme désespéré qui marchait dans les rues froides et glacées le soir de Noël. Sa bien-aimée lui avait été enlevée à tout jamais après une longue maladie et son cœur n'était que tristesse et larmes de chagrin.*

*Alors qu'il longeait le fleuve, les eaux sombres l'appelèrent.*

*— Viens, beau jeune homme au cœur triste, viens avec nous, tu ne souffriras plus et tu t'endormiras entre nos bras d'un sommeil éternel.*

*Le jeune homme hésita, puis enjamba le parapet de bois.*

*Alors qu'il allait se précipiter, un raclement de souliers l'interrompit. C'était celui d'une vieille femme qui l'interpella :*

*— Je vois ce que tu t'apprêtes à faire, mon garçon. Abandonne cette idée, elle n'est pas bienvenue.*

*— Que savez-vous de moi ?*

*— Je lis dans ton cœur un si gros chagrin. Raconte-le-moi, et après tu sauteras.*

*Le jeune homme et la mystérieuse inconnue – c'était une fée, vous l'avez compris – parlèrent toute la nuit. Au petit matin, épuisé et à demi-mort de froid, le jeune homme proposa à la fée de se réchauffer chez lui.*

*— Tu es bien bon, mon garçon, car je vis dans la rue. Les temps sont durs, tu sais.*

*Elle resta quelques jours chez son nouvel ami. Elle adorait l'écouter au piano, surtout quand il interprétait du Schubert. Grâce à lui, elle put repartir chez sa sœur qui vivait loin de là.*

*Ils décidèrent pourtant de rester amis pour le meilleur et pour le pire.*

*Ainsi, chaque année, à Noël, la fée rend visite au jeune homme et, comme avant, ils bavardent toute la nuit tant ils ont de choses à se dire.*

La gorge me pique. Je serre la main d'Ava plus fort. Oh, Alex, pourquoi n'as-tu pas croisé la route d'une fée ?

Je suis Fred dans la cuisine après sa révélation émouvante.

— Quand Alex est parti, j'ai voulu mourir moi aussi.

— Le plus important, c'est que tu sois vivante.

— Laisser ceux qu'on aime sans réponse, c'est égoïste, non ? Je n'arrive toujours pas à comprendre son geste.

— Tu ne sauras peut-être jamais pourquoi, Rhéa. Ne te torture pas, va plutôt de l'avant.

— Je ne sais pas si j'ai le droit.

— Le droit de vivre heureuse ? Demande-toi ce qu'Alex aurait voulu et tu auras ta réponse.

Encouragée par les confidences de Fred, je lui demande :

— Tu ne te mets jamais en colère, toi ? Tu n'as jamais le cafard ou quoi ? On dirait que tu as toujours une solution à tout, alors que…

— Bien sûr que si ! J'ai mes moments de doute, de chagrin et de haine, comme tout le monde. Mais la vie est trop courte pour leur laisser de la place. Un de ces jours, je te montrerai le visage de Fred-le-rageur si je perds patience.

Il fait mine de lever ses poings serrés vers moi en fronçant les sourcils.

— Sans façon. Je préfère continuer à croire que tu n'es pas vraiment humain.

Je retourne à pas lents dans le salon. Igor joue un morceau infiniment triste à Ava qui écoute, les yeux fermés. Je m'assieds et elle chuchote :

— Satie. J'adore.

Moi aussi, j'adore, mais quelle tristesse si c'est le reflet du cœur d'Igor. Moi qui me croyais la plus malheureuse au monde, j'avais tort : nos chagrins se sont bien trouvés et traînent derrière nous comme des boulets.

# Igor

Après les douze coups de minuit, la mère de Rhéa vient nous chercher chez Fred. Quand la voiture klaxonne pour signaler son arrivée, Fred dépose sa main rassurante sur mon épaule. Il mesure à quel point rentrer chez moi avec cette inconnue me demande un effort monstrueux. Sur le pas de la porte, il me murmure un « bravo » qui salue ce progrès à l'aube de cette nouvelle année. Pourtant, il n'est pas dupe. Il sait que j'ai accepté d'effectuer ce trajet pour en éviter un second avec mon père. Alors que Rhéa et moi, on rejoint le break garé en double file, les signes qu'il me lance avec Ava me donnent le courage d'affronter les kilomètres à venir. J'emporte ce qu'ils ont vécu avec moi, et l'existence de cette bonne fée plus ridée que Papou me rassure.

— Bonne année, maman !

— Bonne année, Chopinette. Et bonne année, Igor. Rhéa m'a beaucoup parlé de tes talents au piano.

Même si elle m'adresse la parole sans regarder dans le rétro, sa voix est bienveillante. Lorsqu'elle remet le contact, ma boule au ventre triple de volume et Rhéa se tourne vers la banquette arrière pour m'envoyer un sourire tranquille.

— On sera chez toi dans cinq minutes.

La voiture taille sa route dans la nuit noire. Des rues que je n'ai plus empruntées depuis des mois défilent, avec les flocons pour cotillons. Rhéa raconte notre soirée à sa mère, m'interpelle souvent pour me ramener parmi elles. Boulevard Decouz, avenue du Cran, boulevard de la Rocade.

— Vous pouvez prendre la deuxième à gauche, madame. C'est plus court.

— Je préfère passer par l'avenue des Îles et suivre les grands axes. Mon sens de l'orientation est trop mauvais.

Elle rit et poursuit son itinéraire habituel. Au moment où elle s'engage dans cette direction interdite depuis le quinze mai, je serre la poignée pour tenir le coup. Les marronniers, l'arrêt de bus, l'immense porche vert du numéro 89, la librairie.

— S'il vous plaît, arrêtez-vous.

— Je ne peux quand même…

— Arrêtez-vous, arrêtez-vous !

— Maman, fais ce qu'il te dit !

Elle freine, se range sur la bande la plus proche du trottoir et met ses feux de détresse.

— Merci beaucoup, madame. Je vais faire le reste à pied.

La mère de Rhéa s'étonne, hésite, insiste.

— Maman, c'est bon. Il m'enverra un SMS dès qu'il sera arrivé chez lui entier !

Silence. Rhéa se rend compte de sa maladresse et moi, je claque la portière sans dire au revoir. Je fonce sur les pavés, le cœur à l'envers et mes souvenirs à fleur de peau. Plus que quelques mètres et j'y serai.

— Igor, attends ! Igor !

Rhéa me rejoint et me demande, tout essoufflée :

— T'es sûr que ça va ?

— Oui, t'inquiète pas.

— C'était ici, hein ?

— Oui.

Ma voix se brise.

— Je suis désolée. Tu n'étais jamais repassé par là, c'est ça ?

Je ne suis plus capable de répondre. Elle me laisse pleurer, incapable de me consoler tant ma douleur est grande.

— C'est mieux qu'on te ramène chez toi.

— Non. C'était nécessaire que je revienne un jour.

— Tu veux que je reste ?

— Non, je vais marcher. Ça fait tellement longtemps, tu sais.

— Tu m'envoies un SMS, ok ?

— Oui, môman !

Elle lève le pouce et file vers la voiture qui l'attend.

Le panneau de limite à 30. Le 156. Je m'arrête. À l'intérieur de la maison, de la musique. Ça danse, ça chante et ça se remplit la panse, un verre à la main, une fille accrochée au bras ou à la cravate. Boum ! La vie bat son plein et je la prends en pleine gueule. Le décor de mon accident s'étale, comme si de rien n'était. Plus de trace du choc ni des débris. Ni de mes cicatrices ni de ces heures bancales, entre hier et aujourd'hui, à chercher qui je suis. Je reste là, sur le lieu du drame, jusqu'à ce que mon téléphone sonne puis vibre plusieurs fois.

**Maman 1 h 12**
Igor, où es-tu ? Tout va bien ?

**Maman 1 h 14**
Tu avais dit que tu serais là à 1 h
Réponds-moi vite stp

**Papa 1 h 15**
Que se passe-t-il ? J'ai peur, Igor
Où que tu sois et quoi que tu fasses,
n'oublie pas que je t'aime. Reviens vite

**Fred 1 h 27**
Quelle joie de te savoir en marche !
La route est longue, mais tu avances,
un pas après l'autre

**Fred 1 h 28**
Rhéa m'a demandé de prévenir tes parents
Je leur dis que tu rentres bientôt, ok ?

Sur le trottoir, une fine couche de neige cache les pavés cassés et les mégots comme une éphémère épithèse, à ras du sol, sur laquelle j'imprime mes pas pour retourner chez moi. À la maison, mon père est là, bouleversé. Il serre ma mère dans ses bras, ils ont imaginé le pire. Et Obama claironne des « *Happy new year* ». L'année débute en beauté.

# Rhéa

Je n'ai pas reparlé avec Igor de l'épithèse faciale. Pourtant, je vois qu'il souffre. Qu'il est malheureux et que la colère contre son père le ronge de l'intérieur, comme la rouille s'acharne sur le métal.

Au fur et à mesure de nos rencontres, on devient plus complices, malgré nos différences.

Je joue les yeux fermés, pas lui.

Je bouge sur mon tabouret, je marque le rythme, pas lui.

Nous apprenons à nous écouter, à attendre, à deviner quand l'autre rencontre des difficultés sur un passage récalcitrant. Ce n'est pas sans accroche. Parfois, ça fait des étincelles.

Fred nous laisse nous débrouiller, sauf quand la situation s'envenime. Le duo est parfois la partie immergée de l'iceberg, la petite goutte d'eau qui fait déborder nos émotions. Alors, le jour où, entre deux portées, Igor a évoqué le lycée Fauré et Soline, je n'ai pas relevé et je me suis réfugiée dans la partition. Sans commentaire.

Aujourd'hui, quand j'arrive, je vois tout de suite qu'Igor est contrarié. Il a sa tête des mauvais jours, ce qui est un « pléonasme cynique » car, d'après lui, il aura une sale gueule à vie.

Fred me lance un petit clin d'œil de mise en garde. Ça sent le roussi à plein nez.

Ou plutôt, l'épithèse.

— Tu es en retard, me reproche Igor. Comme d'habitude.

Malheureusement pour lui, je ne suis pas d'humeur non plus.

— T'as qu'à sortir plus souvent de chez toi, Igor. Tu verras si c'est facile d'être toujours à l'heure. J'avais un énorme DM de maths à finir. Et je suis nulle en maths.

Il se mure dans un silence buté.

— On s'y met ? propose Fred.

Au piano comme dans la vie, il n'y a pas de miracle : un duo ne fonctionne pas quand on n'est pas en harmonie. Igor et moi enchaînons les maladresses, les reprises, les mauvais placements. Ses mains gênent les miennes et vice versa.

— Pause ? suggère Fred. Je vais faire un thé.

Il s'éloigne. Igor regarde par la fenêtre un long moment, puis s'écrie :

— C'est pourri ce duo ! Et puis tout ça, là, c'est pourri aussi. J'en ai marre.

D'un geste rageur, il envoie valser les partitions sur le parquet en chêne.

Encore un peu et je l'imagine les piétiner ou les déchiqueter.

Son vague à l'âme me renvoie le mien en pleine figure. C'est vrai, il a raison. Qu'est-ce que je fiche ici ?

— Moi aussi j'ai perdu ma vie d'avant, dis-je en me levant. T'es malheureux, ok, mais y a pas que toi qui as vécu un drame !

— Toi ? Tu es toujours toi, Rhéa. Perdre quelqu'un, ce n'est pas se perdre soi.

— T'en sais rien.

— Toi non plus.

Je force la voix, indignée.

— Tu pourrais aller mieux si tu acceptais l'épithèse. Je ne comprends pas pourquoi tu veux encore faire souffrir ton père. Tu t'acharnes sur lui ! Tu le punis, mais tu te punis aussi ! La famille d'Alex et moi, on culpabilise tous les jours de ne pas avoir été là pour lui. Tu crois que ton père ne donnerait pas tout ce qu'il a pour revenir deux secondes avant l'accident ? Moi, en tout cas, je rêverais de pouvoir retenir Alex, d'avoir une deuxième chance. Personne n'est parfait.

Igor me dévisage, blanc comme un cadavre. Je réalise que je suis allée beaucoup trop loin, mais tant pis, c'est dit.

— Je suis désolée si je te blesse, mais c'est ce que je pense. Moi non plus, tu sais, je n'en peux plus.

Je m'enfuis dans l'escalier et manque de renverser Fred, qui revient avec un plateau.

— Rhéa ? Que se passe-t-il ?

— Je m'en vais. Tu avais tort, tu vois. Je n'étais pas la fille qu'il fallait pour remonter le moral d'Igor.

# Igor

— « Remonter le moral d'Igor » ! C'est quoi cette histoire ?

Fred ne répond pas à ma question. Il dépose la théière au sommet des escaliers qu'il redescend en courant pour rattraper Rhéa. Moi, je reste à l'étage, trop blessé pour la retenir. Qu'ils se débrouillent tous les deux, eux qui ont convenu derrière mon dos de me sortir de la mouise.

Dans le petit salon où je rassemble ces partitions qui ne nous serviront plus, j'aperçois, au pied du piano, le sac en toile de Rhéa. Je souris. Si elle veut le récupérer, il faudra qu'elle vienne le chercher. Seule. Je le ramasse et me dirige vers ma chambre, pour le ranger en lieu sûr, jusqu'à ce qu'elle se pointe, l'air coupable, les yeux rivés par terre. Je ne résiste pas à l'envie de découvrir les trésors qu'il recèle. Gants, mouchoirs en papier, écouteurs, parapluie, bonbons pour la gorge, abonnement de bus. Son portefeuille et un carnet noir à lignes rouges. J'hésite. Je détesterais qu'elle pénètre ainsi dans mon intimité. Tant pis. C'est trop tentant. J'ouvre son petit cahier au hasard et repose le reste, mal à l'aise à l'idée de tomber sur une photo d'Alex. Sur le papier s'enfilent des lignes et des lignes d'une écriture régulière et arrondie. Je les parcours sans les lire, soudain gêné par mon indiscrétion. Je tourne, tourne, tourne ces pages adressées à celui qui a déserté la vie de Rhéa sans explication. J'en ai presque le vertige. Et je finis par tomber sur un poème qu'elle a dû jeter d'une traite sur la feuille : *Deux secondes en moins*. Quelques mots aussi vrais pour elle que pour moi.

— Igor, que se passe-t-il ?

Je cache le carnet derrière mon dos juste avant que ma mère ne me prenne la main dans le sac. Ça fait longtemps qu'elle n'est plus entrée dans ma chambre sans mon autorisation.

— Rhéa est dans l'allée, avec Fred. Elle tire une de ces têtes. Vous êtes fâchés ?

— Oui.

— Je suppose que tu ne m'expliqueras pas pourquoi.

— En effet.

— Rhéa est une chouette fille. Pour une fois, baisse les armes, s'il te plaît. Je ne le demande pas pour moi. Je sais à quel point c'est inutile et, de toute façon, je n'ai rien à voir avec cette histoire.

Ma mère repartie avec ses sermons, je me poste derrière la vitre pour observer Rhéa en pleine discussion avec Fred. Elle semble aussi triste qu'en colère. Moi, je suis fâché. Pas qu'elle ne me comprenne pas. Non. Fâché qu'elle ait raison. Fâché qu'elle sonde si bien à l'intérieur de moi, malgré mes résistances. Fred la prend dans ses bras et, pendant qu'il la réconforte, il lève les yeux vers moi. Il sait que je m'installe à cette place de choix pour épier les gens, dehors. Il me regarde un instant, désolé d'être là, dans le froid, à affronter le chagrin de Rhéa à ma place. Alors, je fourre le carnet dans le sac de cette fille qui réveille en moi le pire et le meilleur, j'empoigne la lanière et je m'en vais vider le mien au beau milieu de l'hiver, aussi énervé qu'un chanteur de *heavy metal*.

— Je vous attends à l'intérieur. Et je n'hésiterai pas à intervenir si vous en venez aux mains !

Grâce à Fred, l'atmosphère glaciale se réchauffe quelques secondes.

— Je…

Rhéa et moi, on prend la parole en même temps, mais c'est moi qui poursuis :

— Merci.

Elle fronce les sourcils.

— Merci de m'avoir balancé cette vérité dans la tronche. Merci d'être passée au-dessus de mes airs d'alien et de me respecter tel que je suis aujourd'hui. Je ne suis pas toujours sympa, je le sais bien.

Rhéa ne dit rien. Ses yeux s'illuminent autant qu'ils s'embuent et, dans un élan qui nous surprend tous les deux, elle dépose un léger baiser sur ma joue cabossée.

# Rhéa

CETTE NUIT, MES DEUX *MOI* se sont livrés à un ping-pong acharné. Dans mon cerveau, ça slamait sans que je puisse arrêter ces voix intérieures. Impossible de dormir, je me suis relevée pour écrire.

***Conflit intérieur***

**Rhéa**

*Je ne peux pas croire que j'ai touché sa joue abîmée*
*Ce geste stupide a dû le contrarier.*

**Ré'**

*Arrête un peu de te torturer*
*C'était spontané et sans ambiguïté.*

**Rhéa**

*J'ai toujours peur de dire un mot de travers, de le blesser !*
*Accident, épithèse, solitude, visage cabossé…*

*Tous ces mots tabous qu'il ne faut pas prononcer*
*Il est à fleur de peau, prêt à exploser.*

**Ré'**
*Il a besoin qu'on l'aime pour ce qu'il est,*
*Même s'il fait croire le contraire, au fond, tu le sais.*
*Rien de pire que l'indifférence ou le mépris,*
*Toi, tu lui donnes ton amitié sans parti pris.*

**Rhéa**
*C'est vrai. J'ai forcé sa carapace,*
*Advienne que pourra : ça passe ou ça casse.*

**Ré'**
*Enfin, je retrouve Rhéa-la-battante ! Tu m'as manqué.*
*Dans tes larmes et ta colère, j'ai cru que tu t'étais noyée,*
*J'ai failli disparaître moi aussi, ce quinze mai.*

**Rhéa**
*J'ai failli t'assassiner, c'est vrai.*
*Je plaide coupable. Tu me pardonnes ?*

**Ré'**
*Hmmm… Je ne sais pas, ça dépend !*
*Jure-moi de rire comme avant.*
*Con allegrezza. Con amore. Con delicatezza.*

**Rhéa**
*Je ne peux pas abandonner Alex, c'est mon amour.*
*Si je ris, si je vis, il disparaîtra pour toujours.*

**Ré'**

*Où que tu ailles, quoi que tu fasses, Alex sera là,*
*Au fond de toi.*
*Il n'aurait pas voulu que tu t'enfonces*
*Alors fonce !*

**Rhéa**

*Tu veux que j'aille vers quoi, vers qui ?*
*Je ne sais plus comment dérouler ma vie.*

**Ré'**

*Sur ta route, tu as croisé des gens*
*Épatants, fascinants, émouvants.*
*Ne fais pas la même erreur qu'avant.*
*Dis-leur que tu les aimes, qu'ils sont importants.*

**Rhéa**

*Je vais essayer. Je te promets.*
*Je veux redevenir la Rhéa qu'Alex aimait.*

# Igor

Le temps qui s'étirait infiniment ces derniers mois file à toute vitesse aujourd'hui. Normal, mon emploi du temps a pas mal changé depuis que j'ai repris sérieusement le piano.

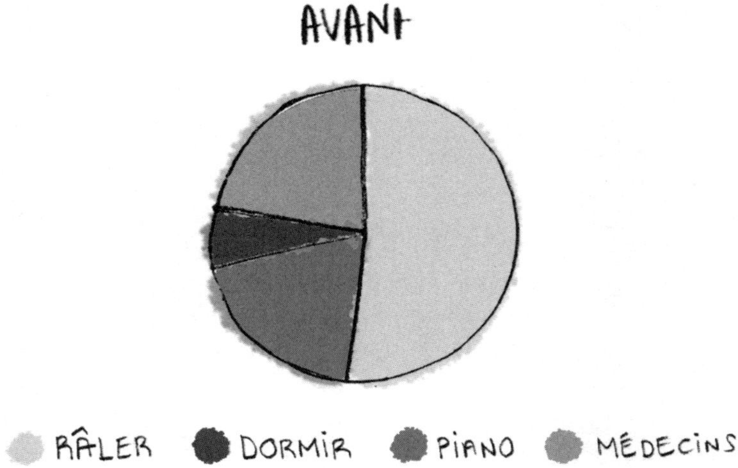

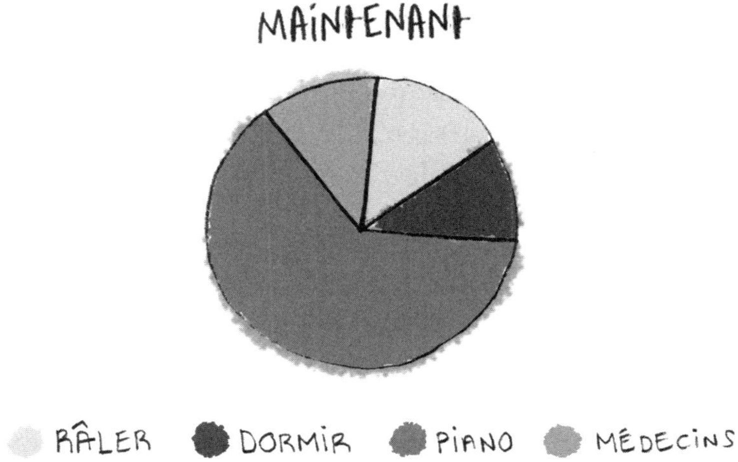


Depuis le baiser de Rhéa ce fameux soir, on se fait la bise dès qu'elle arrive à la maison. C'est elle qui me l'a proposé.

— Pas question. C'est par pitié.

— N'importe quoi. Je n'ai pas pitié de toi.

— T'es sûre ?

— Oui. Et puis j'aime bien ton parfum.

— Tu… Quoi ? Mon parfum ?

— Je n'y peux rien, je suis hypersensible aux odeurs et j'adore le tien.

J'ai rougi. Et ça s'est aggravé dès que je m'en suis aperçu, bien entendu. J'ai bafouillé :

— Ne va pas croire que je… enfin que tu…

— T'inquiète, je ne crois rien du tout, Igor.

Rhéa est loin de me faire l'effet de Soline et des jolies filles à la télé. Avec elle, c'est tout autre chose. Ses yeux verts profonds m'obligent à enlever mon masque, et ses lèvres posées sur ma joue me rappellent que j'en ai une.

— C'est pas trop désagréable, le contact de ma peau ?

— Hyper horrible ! Je rigole, c'est plutôt… surprenant !

Elle s'est approchée et a posé sa paume avec une extrême douceur sur mon profil abîmé.

— Oui, surprenant.

Elle a attrapé ma main et l'a montée vers mon visage.

— Je peux, Igor ?

— Oui.

Je n'avais plus touché cette partie de moi depuis trop longtemps. Rhéa s'en doutait et m'a guidé pour la parcourir, au ralenti.

— Alors ?

— Par endroits, on dirait les traces sur le sable, quand la mer s'est retirée.

— Exactement !

Aujourd'hui, dans le petit salon, Rhéa s'installe dans le fauteuil où Fred prend place d'habitude. Il est en retard. Sûrement pour me laisser l'occasion de parler avec elle de l'audition au Conservatoire. Les semaines passent et je n'ai pas encore osé. À chaque fois j'hésite, puis renonce.

— On gère de mieux en mieux le rythme et les positions des mains, tu ne trouves pas, Rhéa ?

— Oui, tu m'as beaucoup aidée, je suis plus à l'aise.

— Remercie plutôt ton talent.

Elle hausse les épaules et croque dans son muffin.

— Tu en as beaucoup. Et, si tu n'en es pas convaincue, compte sur Fred et moi pour t'en persuader !

— Il faut aussi de l'envie, et la mienne s'en va.

— Elle reviendra.

— Y a peu de chance. J'ai déjà d'autres projets.

Mon cœur bondit en entendant cette phrase qui ne m'étonne pas tant que ça. Rhéa, non, s'il te plaît, ne m'abandonne pas ! Reste encore un peu, même si la vie te tire par la manche vers d'autres gens, d'autres lieux. Reste pour notre *Fantaisie*, pour Obama. Et pour moi. Tant pis pour l'audition, je m'en sortirai seul avec la *Sonatine* de Ravel et n'importe quel autre morceau. C'est presque un détail.

Alors que je m'efforce de cacher mon angoisse, elle poursuit :

— Travailler avec Fred et toi, c'est vraiment chouette. Ça me fait tellement de bien !

— Mais ?

— Le Conservatoire, ça ne me dit plus trop.

— Donc, tu arrêtes le piano ?

— Non, mais je ne continuerai peut-être pas le Conservatoire.

— Et les cours avec moi, tu les stoppes quand ?

Mon ton trahit l'importance que ces moments ensemble ont dans mon quotidien raccommodé.

— J'ai envie de jouer avec Fred et toi pour le plaisir, mais aussi de consacrer du temps à autre chose.

— Oui, bien sûr ! Profite, sors avec tes potes et, surtout, viens nous voir quand ça te chante !

— Ne joue pas à ça, Igor, pas avec moi. C'est pas ce que je voulais dire. C'est encore difficile, alors n'en rajoute pas.

Alors que je regrette mes paroles, Rhéa se tourne vers son sac duquel dépasse son carnet noir à lignes rouges.

— J'écris, Igor. Un peu de tout, mais de plus en plus de poèmes et de haïkus.

Ses pommettes rosissent. Pour ma nouvelle amie, les pages qui m'ont attiré l'autre jour sont un précieux trésor.

# Rhéa

Ce soir, Fred passe me chercher avant la leçon chez Igor. Il a envie qu'on se balade un peu pour discuter seul à seule. Je suis contente de marcher à côté de lui sans parler. Sa présence est apaisante.

Le printemps pointe timidement le nez, ça fait du bien d'entendre à nouveau les oiseaux gazouiller. Les notes du *Palladio* de Jenkins sautillent dans un coin de ma tête. Ça faisait longtemps que je ne les avais pas entendues.

Fred rompt le silence :

— Je voulais te parler de l'examen au Conservatoire, Rhéa. Tu as décidé quelque chose ? Tu y as réfléchi ?

— Oui.

J'observe les arbres le long de l'avenue. Ils semblaient morts sans leurs feuilles, et les voilà déjà presque fleuris.

Comme moi.

— Je sais que tu t'es donné beaucoup de mal, mais je vais arrêter le Conservatoire. J'ai envie d'autre chose.

— J'aime ta dernière phrase.

— Tu n'es pas fâché ?

— Pas du tout, mais je veux quand même te proposer quelque chose. Tu le sais, Igor est décidé à passer l'examen et on voudrait que tu interprètes le duo avec lui, pour le morceau libre. Vous commencez à le maîtriser drôlement bien, tu ne trouves pas ?

— Je peux jouer le duo même si je ne me présente pas à l'examen ?

Fred hausse les épaules et reprend son accent asiatique improbable :

— Ce sera tout à fait envisageable, mademoiselle.

— C'est le quinze mai…

— Non, le dix. J'ai convaincu le jury d'avancer la date pour qu'Igor ne croise pas trop de monde.

— Alors, c'est d'accord !

— Génial. Il va être content.

Soudain, l'inquiétude m'assaille :

— Fred, je ne suis pas à la hauteur de son talent. Et si je faisais tout foirer et qu'il loupait l'examen à cause de moi ? Joue plutôt la *seconda* à ma place.

— Ah non, pas question, miss. C'est ton défi et tu seras fière de le réussir. Tu as les ressources nécessaires et j'ai absolument confiance en toi.

Impossible de refuser. Fred me presse gentiment l'épaule et poursuit :

— Bon, et toi alors ? Tu m'as parlé d'une envie : laquelle ?

— Composer. Écrire mes propres chansons, explorer des styles et des ambiances. En anglais, par exemple, et pourquoi pas aussi dans d'autres langues. Depuis que tu m'as montré les calligraphies chinoises, je me suis intéressée à la culture asiatique et j'ai découvert les haïkus. J'adore !

Le visage de Fred s'illumine.

— C'est super. Tu as commencé à en composer ?

J'hésite. Que penser de ces trois ou quatre textes jetés en vrac dans mon carnet ? de ces notes fredonnées puis couchées timidement sur les lignes d'une partition ?

— J'ai quelques trucs, oui, mais je suis pas encore sûre de moi.

— Tiens, ça m'aurait étonné. Fais ce que tu ressens au plus profond de toi, tu ne pourras pas te tromper.

— Fred, je ne t'ai pas tout dit.

— Je m'en doute.

— Je vais partir à l'étranger au moins un an. Je ne sais pas où encore, mais je veux m'améliorer en anglais.

— Igor le sait ?

— Non. J'ai tellement la trouille qu'il pense que je l'abandonne.

— Tu sais ce qu'a dit Mark Twain ? « Sortez des sentiers battus. Mettez les voiles. Explorez. Rêvez. Découvrez. »

— Trop beau, Fred. Merci.

— De rien, miss ! C'est une belle journée, je suis content. En plus, j'ai trouvé un nouveau thé. Il est divin. Il faut que je vous le fasse goûter.

Ça, c'est du Fred tout craché. Il n'avouera jamais sa déception de ne pas me voir démarrer mon troisième cycle parce qu'il cherche le meilleur. Comme il l'a toujours fait.

La mère d'Igor nous ouvre. Son regard est triste et ses traits creusés.

Ils me rappellent ceux de ma mère lorsque mon père a quitté la maison il y a plus de dix ans.

Alice m'embrasse. Obama s'époumone toujours autant.

— « *Hi, Rhéaaa je suis làààà.* »

— Oui, Obama, je te vois, pas de problème !

Je lui glisse un morceau de pomme puis m'échappe en direction du petit salon. Alice et Fred sont en grande discussion dans la cuisine, elle a besoin de parler.

Je m'installe à côté d'Igor qui m'attend déjà sur son tabouret.

— J'ai un truc à te dire.

— C'est notre dernier cours ensemble, c'est ça ?

— Pas vraiment. Je suis d'accord pour jouer la *Fantaisie* avec toi pour l'examen. Sauf si tu as peur que je te le fasse louper. Après tout, personne n'est à la hauteur du grand maestro Igor Duprez !

— T'as intérêt à bosser comme une dingue !

— C'est quoi ça ? Une menace ?

Le visage d'Igor s'étire en une drôle de grimace. J'ai mis un peu de temps à apprivoiser ses traits cabossés mais à présent, je sais. Il sourit.

— Merci Rhéa. C'est super sympa, surtout si tu ne veux plus continuer le Conservatoire. D'ailleurs, tu es certaine de ta décision ?

— À fond.

— Et ta mère ?

— Elle l'a mal pris au début, on en a beaucoup discuté. Ça va mieux entre elle et moi maintenant.

— T'as de la chance. Avec mes parents, c'est tellement galère.

Un silence s'installe, puis Igor reprend :

— T'es venue seule ? Où est Fred ?

— Il discute avec ta mère dans la cuisine.

— Elle n'arrête pas de pleurer.

Pour lui changer les idées, je sors de mon sac *Le Journal de mon père*, de Taniguchi. Le visage d'Igor s'éclaire. Il m'a fait découvrir ce maître de la BD japonaise. Moi qui ai horreur des mangas, j'adore les siens et j'ai tout de suite pensé à Igor quand je l'ai trouvé à la médiathèque.

Il le feuillette avec intérêt puis le pose à regret sur le piano :

— Au boulot, Rhéa. On a une *Fantaisie* à dompter. Tu ne me lâcheras pas, hein ?

— Arrête de douter de moi ou je boude.

Alors que Fred me raccompagne à l'arrêt de bus après la leçon, je lui tends timidement un papier sur lequel j'ai recopié mon tout premier haïku.

— C'est pour moi ?

— Oui. Ne te moque pas. Je l'ai mis en musique mais là, y a pas de piano, comme tu peux voir.

Fred me fait un clin d'œil puis déplie la feuille.

Le chagrin de sang
S'efface. Une fantaisie
Aux notes de thé.

# Igor

Les giboulées de la fin mars ont eu raison de Rhéa. Un gros mal de gorge l'empêche de sortir. Pour travailler notre morceau de Schubert, il faut que je vienne jusqu'à elle. Il nous reste un gros mois d'ici l'examen au Conservatoire et j'accepte, sans trop tergiverser.

— Tu peux prendre la rue des Charmilles, maman.

— Certain ?

— J'en ai assez des détours et toi aussi, non ?

Elle pince les lèvres pour retenir son émotion. Depuis que mon père a quitté la maison, elle a pleuré toute la Méditerranée et perdu beaucoup de kilos. À voir son état, je souhaiterais presque qu'il ne soit pas parti. Je me sens de plus en plus responsable de ce fiasco familial.

Quand j'en ai parlé à Rhéa, elle m'a rétorqué que la culpabilité était inutile puisqu'il était impossible de revenir en arrière. Que c'était les actes qu'on posait ensuite qui importaient, qui aidaient à s'en débarrasser. Elle a ajouté :

— Ton père a fait et fera encore tout ce qu'il peut pour se racheter. Dans votre malheur, vous avez une petite chance. Tout peut encore arriver. Vous êtes tous les deux là. Vivants.

Elle a baissé les paupières et, derrière ce rideau, je sais qu'Alex était là.

Ce soir, chez elle, il est présent aussi. Une fois notre cours terminé, Fred décline l'invitation à dîner de Carole, la mère de Rhéa. Moi, j'accepte de m'installer autour de la table de la petite salle à manger où Tibère et César m'observent avec insistance. Ils en oublient même de manger leur pizza, et le plus jeune reste parfois la fourchette en l'air, se rappelant de justesse que les commentaires sur ma tête de monstre sont interdits. Après plusieurs bouchées, il ne tient plus et demande, en fronçant les sourcils :

— C'est ton nouvel amoureux, Rhéa ?

Tout le monde éclate d'un rire forcé.

— Non, Tibère. C'est mon ami.

— Elle aimera son Alex pour toujours, tu sais bien.

Le ton de César est aussi moqueur que méprisant et Carole intervient :

— Excuse-toi immédiatement et file te rafraîchir les idées dans ta chambre ! J'arrive dans cinq minutes et tu as intérêt à avoir réfléchi, je t'assure.

Elle serre sa Chopinette dans ses bras, lui explique que c'est la faute à la préadolescence et file sermonner son fils.

— Je m'absente une seconde, Igor. Ok ?

Rhéa disparaît à son tour et je reste en compagnie de Tibère, dont la langue se délie :

— Ça fait mal ? Et l'accident aussi ? Ta voiture, elle était toute cassée ? Tu ressembles un peu à Frankenstein ! César, il l'adore.

Pendant qu'il me déballe, espiègle, ce qu'il a tu pendant le repas, je range les assiettes dans le lave-vaisselle, jusqu'à ce que Rhéa me tire d'affaire.

— Ça suffit, Tibère. Tu viens, Igor ? J'aimerais te montrer quelque chose.

Son air est solennel, son menton tremble un peu. Elle glisse dans mes mains un petit cadre carré dans lequel je découvre la photo d'un garçon séduisant, avec deux fossettes craquantes et des cheveux bruns bouclés. Autour du cou, il porte l'écharpe que j'ai toujours vue autour de celui de Rhéa. Sur ses lèvres se dessine un sourire lumineux qui ne laisse en rien entrevoir son mal-être.

— C'est un très beau portrait, Rhéa. Il a l'air si heureux.

— Oui, je sais. C'est pour ça que c'est difficile à accepter.

— Si tu n'y arrives pas, continue à surmonter la situation. C'est déjà beaucoup.

— C'est bizarre, en fait. Alex n'est plus là. Sauf qu'il est partout à mes côtés depuis presque un an.

— Il faut du temps, Rhéa.

Je suis surpris d'utiliser cette phrase préfabriquée que tout le monde m'a servie depuis l'accident. Pourtant, elle sonne juste.

— Le quinze mai, on a décidé de se retrouver au cimetière pour l'anniversaire de sa disparition.

— C'est une drôle d'expression, hein ?

— Tu l'as dit ! Y aura pas de bougies à souffler, c'est sûr. Ça va être hyper triste, hyper dur. Un remake de l'enterrement, avec plein de larmes et de discours plombants. Je rêverais tellement d'autre chose pour lui et pour nous.

— J'imagine.

Et ce ne sont pas que des mots : dans ma tête, je visualise très bien la cérémonie que Rhéa aimerait.

# Rhéa

Mes notes sont en train de remonter en même temps que mon moral. Enfin ! J'avais l'impression d'avoir coulé au fond d'un lac trop profond pour reprendre mon souffle.

En français et en anglais, je continue à caracoler carrément et, dans les matières scientifiques, je reprends confiance en moi.

J'ai arrêté de lancer des regards assassins et de me recroqueviller sur mon siège. La distance que j'avais imposée aux autres se réduit, je réapprends à rire. Sans Alex.

Finalement, je me suis rapprochée de Soline, avec le désagréable sentiment de trahir Igor. Je ne parviens pas à lui avouer que je la connais quand il lui arrive de m'en parler. Je sais qu'il se fermera pire qu'une huître s'il découvre que je l'aime bien : elle est vive, rigolote et, en sa compagnie, je n'ai plus besoin de me forcer pour me sentir vivante.

Elle m'a proposé plusieurs fois de manger au self avec elle et ses copines, et j'ai fini par céder. De fil en aiguille, je lui ai même avoué que je connaissais Igor. Le secret était trop lourd à garder.

Elle m'a dévisagée comme si je lui avais annoncé que je pouvais cracher du feu ou embrasser un black mamba :

— Tu vois Igor ? Tu veux dire, chez lui ?

— Oui, trois fois par semaine, pour notre duo. Il n'a pas trop eu le choix, notre prof de piano est très persuasif. Au début, ce n'était pas facile.

— J'imagine ! Et toi alors ? Pourquoi tu ne vas pas au Conservatoire non plus ?

— C'est difficile à expliquer. Je ne suis pas encore prête à en parler.

Soline ronge son ongle de pouce bleu pétant et murmure :

— Moi, il m'a repoussée.

— Ça n'a rien à voir. Tu l'avais connu avant son accident et vous sortiez ensemble. Moi, je l'ai rencontré avec son visage abîmé, et on est juste amis.

Elle hausse les épaules et ses yeux se voilent. J'en suis certaine à cet instant précis, elle a encore des sentiments pour lui. Pour l'ancien Igor.

— Il sait qu'on est dans la même classe ?

— Non, je ne lui parle pas des cours.

— Et… et son visage ? Ça ne te dégoûte pas ?

— Au début j'ai eu un choc, maintenant je n'y fais plus vraiment attention.

— Tu crois que… qu'il…

Puis elle secoue la main :

— Non, laisse tomber, Rhéa. Tu viens ? Mathilde et Céleste nous attendent.

En marchant à ses côtés, je me demande si je n'ai pas fait une énorme bêtise de lui parler, même si je me sens soulagée.

Au self, Soline semble lointaine, perdue dans ses souvenirs. Peut-être même qu'elle m'en veut. J'ai du mal à manger. À la fin du repas pourtant, elle glisse son bras sous le mien :

— Merci d'avoir réussi là où j'ai échoué. Tu sais, j'y pense souvent mais je ne sais pas comment reprendre contact avec lui. Notre relation s'est terminée en queue de poisson, j'avais des choses à lui dire, mais j'ai peur de moi et j'ai peur de lui.

Elle pleure sur mon épaule. C'est le monde à l'envers.

— Tu y arriveras, Soline. Je t'assure.

— Tu crois ? Il est tellement fier, tellement têtu.

— En ce moment, il change beaucoup. Il reprend goût à la vie.

Elle éclate à nouveau en sanglots :

— C'est vrai ? Il va mieux ?

— Oui.

Elle essuie son mascara, qui lui a barbouillé les joues.

— Tu ne peux pas savoir comme ça me fait plaisir d'entendre ça.

# Igor

Les sports d'hiver sont déjà loin et Mme Jacquelin a perdu son teint hâlé. Elle regarde l'horloge, anxieuse. Elle est débordée par ce que je lui raconte depuis trois quarts d'heure. Pendant des mois, je lui ai servi des « je ne sais pas » ou des « rien de neuf ». Elle n'a pas l'habitude d'enchaîner les discussions sur tous mes gros dossiers.

— Vous avez changé d'avis pour l'épithèse comme ça, du jour au lendemain ?

— J'ai eu plusieurs conversations décisives, avec Rhéa puis Fred. Ils m'ont aidé à… comment dire… m'adoucir.

— Vous adoucir ?

— Oui. À arrêter de dire non d'emblée et de râler, pour punir la Terre entière, moi compris, de ce qui m'est arrivé. Je suis pas le seul à être malheureux.

— Ah bon ?

— Il y a Ludovic Loris et sa famille. Celle d'Alex. Rhéa. Ma mère. Mon père. Qui sait, peut-être même vous !

Grâce à ces derniers mots, ma psy pouffe puis reprend les commandes :

— Tout le monde est déjà au courant de votre décision ?

— Oui. Rhéa et Fred ont été les premiers à savoir. C'était important pour moi de commencer par eux. Vous auriez dû voir leurs têtes ! Ils n'avaient jamais souri autant devant moi, même quand on réussit à jouer Schubert comme des dieux !

— Et vos parents ?

— Je leur ai annoncé hier. J'avais rendez-vous chez le Dr Simonis.

— Le fameux rendez-vous où vous vous étiez juré de ne pas mettre les pieds !

Mme Jacquelin me lance un clin d'œil complice.

— Mon père est passé me prendre. Ma mère devait nous accompagner, mais elle s'est ravisée. Elle n'était pas d'accord de me forcer à subir cette opération et c'est encore trop douloureux pour elle de se retrouver avec nous deux.

— Comment votre père a-t-il réagi ?

— Il est presque tombé de sa chaise. Surtout qu'il a seulement capté que j'étais d'accord pendant la consultation. Je voulais d'abord qu'il se démerde lui-même avec le médecin pour vérifier s'il allait lui mentir ou pas.

— Et ?

— Il a tout de suite expliqué qu'il m'avait obligé à être là.

— Est-ce que ça vous a convaincu de sa sincérité ?

— Plus ou moins.

— Vous êtes incroyable ! Le laisser mariner comme ça !

— C'était pour ménager le suspense.

On rit et c'est bien la première fois que je ne la sens pas m'analyser sous toutes les coutures.

— Quand on est sortis du cabinet, mon père m'a dit : « Tu n'imagines pas à quel point je suis heureux pour toi, fiston. Allons partager cette excellente nouvelle avec ta mère ». Elle, c'était joué d'avance, elle a pleuré tout ce qu'elle pouvait. Elle n'arrivait pas à se calmer. Dans ses yeux, il y avait de la joie… et aussi… de la désolation que ça arrive trop tard pour les sauver, elle et mon père.

— Vous vous en voulez ?

— J'aurais pu penser à eux un peu plus, c'est clair.

— Vous verrez comment la situation évolue.

— Ce n'est pas gagné. Ils sont dans un sale état. Avec le jugement qui est tombé, mon père est parti pour des années de soucis financiers. Sans compter la culpabilité. Ludovic Loris n'est pas son fils. Il ne lui pardonnera jamais.

— Parce que vous lui avez pardonné, vous ?

— Je ne crois pas que ce soit le bon mot et je doute qu'il en existe un pour expliquer ce qui est en train de se passer. Tout bouge… Tout s'éclaire autrement.

Je ne continue pas mes explications. La fin de la consultation est dépassée depuis dix minutes alors que j'ai l'impression qu'elle vient seulement de commencer. Je quitte le canapé avec un énorme goût de trop peu. Et j'offre mon premier merci à Mme Jacquelin.

Quand je rentre à la maison, je continue à mettre mes pensées au clair dans mon cahier. Je liste les différents points à prendre en compte afin de préparer ma surprise pour Rhéa, puis j'appelle Fred, sans lequel rien n'est possible. Comme toujours.

— Fred, je t'appelle parce que, pour une fois, j'ai une proposition à te faire.

— Tu veux jouer un trio au piano, c'est ça ?

— Je n'irais quand même pas jusque-là…

— Vas-y. Je t'écoute.

Je lui déballe mon idée et, évidemment, il est partant. Sans retenue ni bémol.

# Rhéa

Igor est de plus en plus tendu à l'approche de l'examen et de l'épithèse.

Moi aussi je m'inquiète.

J'ai peur pour lui et je crains de ne pas être à la hauteur, alors je travaille comme jamais. Du coup, Igor m'a proposé de répéter chez lui tous les soirs, même sans Fred.

À dix jours de l'examen, Igor ressemble à une bombe prête à exploser à la moindre contrariété.

Pour lui je serre les dents, je joue et rejoue les notes à m'en faire des bleus aux phalanges.

Il est intransigeant.

— Non, Rhéa, c'est triolet-double, pointé-pointé-croche ! Allez, recommence, on n'était pas synchro.

— Tu rigoles ?

— Pas du tout. Demande à Obama.

— Oh, la mauvaise foi, j'y crois pas ! T'es insupportable !

J'accepte de recommencer le passage, encore et encore. Cette *Fantaisie* transpire par tous les pores de ma peau. Elle m'obsède.

La nuit dernière, j'ai fait un cauchemar. Ça ne m'était pas arrivé depuis longtemps. J'arrivais en retard, j'avais oublié mes partitions, les notes s'emmêlaient, mes doigts s'engourdissaient et, surtout, ce n'était pas Schubert mais un morceau inconnu que je devais interpréter aux côtés d'Igor parfaitement à l'aise.

Ce samedi après-midi, Fred assiste à notre répétition. Il nous écoute en sirotant son thé. Pour une fois, c'est moi qui ne suis pas satisfaite. Nous jouons bien mais sans émotion, trop obnubilés par la perfection technique.

— Je vous propose un tour en forêt, dit soudain Fred.

— Là, maintenant, tout de suite ?

— Oui. Vous avez besoin de prendre l'air.

Igor se lève, contrarié.

— Moi, je dois aussi bosser Ravel. En plus, Fred, tu sais bien que…

— Que tu refuses de montrer ta tête d'alien, je suis au courant, oui. Les arbres ne vont pas te juger.

— Dans la forêt, y a pas que des arbres, y a plein de promeneurs.

Igor se rassied, le dos voûté, le visage dans les mains. Je ressens presque le combat qui se livre en lui.

Je m'approche et lui masse les épaules.

— S'il te plaît ! Regarde mes pauvres doigts tout écorchés, mes poignets remplis d'arthrose à force de taper sur ce clavier. Je vais mourir sur ton piano si tu ne me laisses pas sortir.

Igor pouffe.

— C'est pas drôle.

Il rumine quelques secondes pendant lesquelles Fred et moi échangeons un regard d'espoir.

— Ok, vous deux. Mais je vous préviens, si les gens font des réflexions à la con, je m'enferme dans la voiture.

— Tu préfères les voitures à notre compagnie, maintenant ? Pincez-moi, je rêve !

Igor lève les yeux au plafond pour me signifier que ma petite blague ne fait rire que moi. Pourtant, avant qu'il nous tourne le dos, j'ai le temps d'apercevoir le sourire qu'il n'a pas réussi à retenir.

La forêt a quelque chose de magique. D'apaisant, de puissant. Il paraît que les arbres communiquent entre eux par leurs racines. Si l'un d'entre eux est malade, faible, attaqué par des parasites, les autres lui envoient les substances nécessaires pour le requinquer. Et puis, la forêt, c'est un concert subtil. Les notes jaillissent de partout. Nos quadruples croches pointées ne font pas le poids face à celles des virtuoses à plumes.

Fred nous emmène dans un coin qu'il connaît apparemment comme sa poche. Un endroit tranquille où il n'y a pas un chat. J'ai envie de courir, de sauter sur le sentier, de serrer les troncs contre moi pour ressentir leur force tranquille. Avec Alex, c'est ce que j'aurais fait.

Là, je n'ose pas, mais je ne peux pas m'empêcher de sourire.

Je regarde Igor du coin de l'œil. Est-ce que je me trompe ? Il me semble que son visage s'éclaire, qu'il est presque serein. Depuis combien de temps n'a-t-il pas senti la caresse du soleil sur sa joue ravagée ?

Fred déclare soudain :

— Igor, Rhéa, j'aimerais faire un portrait de vous ensemble. Cette superbe lumière m'inspire. Personne d'autre que nous trois ne verra cette photo.

### *Portes*

*Quand j'avais neuf ans, j'ai découvert Helen Keller, cette petite fille sortie de la nuit par son enseignante, Ann Sullivan. L'histoire m'avait subjuguée, je l'avais lue au moins cinq fois d'affilée. Cette enfant sourde, muette et aveugle devenue écrivain me semblait un modèle de courage et de persévérance. Elle m'avait donné envie d'apprendre le langage des signes. Tu te souviens, Alex ? Je t'avais montré les mots dont je me souvenais encore : « aimer », « soleil » « arbre » et bien sûr, « eau », le premier qu'elle avait déchiffré.*

*Hier, la prof de français nous a donné une phrase à commenter pour le dernier DM de l'année. C'était une citation d'Helen que je n'avais jamais lue.*

« Lorsqu'une porte du bonheur se ferme, une autre s'ouvre. Mais parfois, on observe si longtemps celle qui est fermée qu'on ne voit pas celle qui vient de s'ouvrir à nous. »

*Alex, ne m'en veux pas, une nouvelle porte est devant moi et j'ai la main sur la poignée.*

# Igor

Mes sorties (exceptionnelles) dans le monde

| | |
|---|---|
| – Le 31 décembre | Chez Fred |
| – Le 1er janvier | La rue des Charmilles |
| – Le 20 mars | Chez Rhéa |
| – Le 8 avril | Le bois des Machurettes |
| – Aujourd'hui | Le Conservatoire ! |

Sur la page que je viens d'inaugurer, il reste plusieurs lignes. Je connais déjà ce que j'inscrirai sur la prochaine, le quinze mai.

En attendant, j'entre dans le vieux bâtiment du Conservatoire avec plus de calme que je ne l'aurais imaginé, Rhéa à mon bras. On ressemble à la Belle et la Bête le jour du grand bal. J'ai mis mon costume et elle porte une élégante robe jaune et une petite fleur de la même couleur dans ses cheveux qu'elle a tressés pour l'occasion. La sentir à mes côtés m'aide à avancer dans ces couloirs qui me rappellent des portées entières de souvenirs heureux. Je les laisse m'assaillir, sans leur résister. Cet instant aussi restera gravé dans ma mémoire. Peut-être plus que tous les autres.

À l'entrée de son bureau, M. de Fontayne nous accueille de sa franche poignée de main.

— Très heureux de te revoir, Igor. Et de vous écouter bientôt ! Bienvenue, mademoiselle.

— Merci monsieur.

Il nous explique d'un air enjoué que l'audition a lieu dans la grande salle, qu'on interprètera le duo avant mon morceau en solo, que Fred nous attend déjà et que, de son côté, il nous rejoindra avec les membres du jury d'ici « dix petites minutes ». Rhéa et moi savons qu'elles seront extrêmement longues. Notre stress monte. Et passe au cran supérieur quand je repère à l'autre bout du couloir une jolie silhouette que je reconnaîtrais parmi des centaines d'autres.

— Putain, c'est pas vrai ! C'est Soline.

Rhéa me reprend le bras pour m'empêcher de partir en courant.

— Je suis là, Igor. On y va.

Soline vient à notre rencontre, et son pas décontracté m'indique qu'elle ne sait pas encore ce qui l'attend. Surtout que ce n'est pas moi qui attire d'abord son attention :

— Hey ! Rhéa !

Boum. Mon cœur se prend une collision frontale. Quel con ! J'aurais dû m'en douter. Rhéa connaît Soline. Et elle me l'a caché.

Mon ex petite copine accourt pour lui faire la bise, puis se tourne vers moi. Je n'y ai pas droit, bien entendu. Seule Rhéa ose ce genre de choses.

— Oh, salut, Igor, ça va ?

— Ça va et toi ?

Ces formules toutes faites me sauvent, même si ma voix révèle mon malaise et les joues de Soline le sien. Elle essaie de rester naturelle en évitant de me regarder. Moi, je la détaille. Ses cheveux ondulés ont poussé et descendent jusqu'à ses hanches. Ses ongles sont vert pomme, elle a de nouvelles baskets et un bracelet coloré autour de la cheville. Par contre, son parfum n'a pas changé et ses gestes ont gardé la même assurance. Elle nous raconte qu'elle est venue récupérer des partitions, qu'elle jouera une rapsodie de Debussy à son examen et nous demande enfin :

— Et vous, qu'est-ce que vous foutez là ? Je croyais que vous ne veniez plus ici.

— Je suis venue auditionner avec Igor.

— Tu vas reprendre le Cons', finalement ? C'est super ! *Good luck !*

Elle marque un temps d'arrêt et plonge enfin ses yeux brillants dans les miens.

— Je suis vraiment heureuse de t'avoir croisé, Igor. Vraiment ! Rhéa, on se voit à Fauré, ok ?

Soline s'en va en agitant la main comme une star de cinéma sur un tapis rouge. L'énorme boule que j'ai dans le ventre se dégonfle à mesure que cette fille que j'ai aimée disparaît.

— Tu les trouves sympas, mes anciens amis ?

— Tout se passait bien, je n'ai pas voulu gâcher les choses, c'est tout. Je suis désolée.

— Et mon ancien lycée, il est top ?

— Si je t'en avais parlé, tu m'aurais reproché de retourner le couteau dans la plaie. Quelle que soit l'option, c'était foireux, non ?

— Oui, avec mon mauvais caractère, c'est clair.

— Je n'ai pas dit ça.

— Mais tu le penses.

— Beaucoup moins ces derniers temps.

— T'as de la chance que ce ne soit pas le moment de se prendre la tête.

— De toute façon, qu'est-ce que ça change ? C'est l'instant présent qui compte, non ?

Rhéa pose sa main sur mon épaule et me fait un clin d'œil pour se faire pardonner.

Devant la porte de la grande salle, Fred nous attend, mallette aux pieds et bras croisés derrière le dos.

— Prêts ?

Je suis le seul à répondre d'un « oui » franc. Rhéa est encore plus tendue que lorsqu'elle a interprété pour la première fois sa *seconda* dans le petit salon. Comme le temps a filé depuis !

— Le jury est en train de s'installer. M. de Fontayne viendra bientôt vous chercher. Moi, je dois rester dans le couloir, mais je vous écouterai et je suis avec vous.

Fred nous attire contre lui et nous serre de toutes ses forces. On est aussi collés que des rugbymen dans une mêlée.

— Vous allez les impressionner, c'est évident. Amusez-vous ! Après quoi, Igor, ton morceau imposé ne sera qu'une formalité.

Son visage lumineux nous propulse avec une confiance surprenante dans cette salle où se joue mon avenir au piano.

Sur scène, je prends la main de Rhéa et j'annonce :

— Nous allons vous interpréter la *Fantaisie en la mineur, D 940, opus 103* de Franz Schubert.

Quand on s'assied exactement au même moment sur le tabouret rectangulaire, je sais que Fred a raison. Rhéa et moi donnons tout ce que nous avons, les triples croches sont nos meilleures amies, nos doigts glissent sur les touches comme des frères siamois, et nos cœurs vibrent si fort que Fred doit les entendre de l'autre côté du mur.

Lorsque nous terminons la dernière page de notre livret, nous nous sourions, fiers et heureux d'être là, ensemble, devant ce jury qui n'a presque plus d'importance et qui nous applaudit à tout rompre.

## Rhéa

La tête appuyée contre la vitre du TGV, je relis pour la centième fois le SMS de Jeanne :

Trop hâte que tu sois là
Tu m'as tellement manqué ma Ré'
Et tu as trop géré pour le duoooooooooo <3
À tout de suite !!!! On t'attend

Car oui, on y est arrivés.

***Yes ! We dit it***

*On y est arrivés.*

*On y est arrivés.*

*Yes we can !*

*On l'a fait, Alex. Je l'ai fait ! Pour toi, pour Jeanne, pour Fred, pour Igor.*

*Et pour moi.*

*Tu les entends ? Tu entends les cuivres et les grosses caisses de Strauss dans* Zarathoustra *? Roulement de tambour, explosion… Yes ! We dit it !*

Après l'audition, il y a cinq jours, j'étais complètement étourdie et mes jambes tremblaient. Je ne savais plus où me mettre. Avec Fred, j'ai écouté Igor interpréter Satie. Quand il nous a rejoints dans le couloir, mon cœur n'avait pas encore repris son allure normale. Bloqué en mode *piano prestissimo*.

Nous sommes sortis prendre l'air devant le Conservatoire. Ma mère s'est garée comme une dingue sur le trottoir, a couru vers nous et m'a embrassée à me couper la respiration. Elle a salué Igor et Fred puis a déversé un flot de paroles que je n'ai pas pu écouter. Quelques minutes plus tard, le père d'Igor s'est approché, les épaules basses et le sourire anxieux. Il m'a dit bonjour à voix basse, puis s'est avancé timidement vers son fils.

— Je suis fier de toi.

Sa voix était toute bosselée, comme quand il n'y a pas de réseau et qu'on ne capte rien.

Igor s'est tu, mais je suis sûre qu'il était touché.

J'ai eu besoin de marcher un peu, d'être seule. C'était trop, toute cette émotion, d'un coup. Igor m'a rattrapée :

— Ça y est, tu me quittes ? Le duo est fini, alors basta ?

— T'es bête. Je dois juste reprendre mon souffle. Toi, tu peux rester.

— Rhéa, tu peux me parler. Je sais que tu vas partir. Je le sens, t'as besoin de respirer. T'en fais pas pour moi, ça va aller.

— C'est Fred qui te l'a dit ?

Igor a soupiré.

— Non. Tu viens simplement de confirmer ce que je ressentais depuis un moment.

On s'est assis côte à côte sur le muret qui longe la rue.

— Tu penses à Alex ? Tu crois qu'il nous a écoutés jouer ?

J'ai levé les yeux et regardé les nuages cotonneux. Parfois j'imagine qu'il s'amuse à sauter de l'un à l'autre.

— J'en suis certaine.

Pendant que je me repassais le film de l'examen dans ma tête, le TGV a avalé les kilomètres et entre déjà en gare. Je repère Jeanne sur le quai. Elle qui avait juré de ne plus jamais s'approcher d'une voie de chemin de fer.

Mon cœur se soulève. Elle ressemble tellement à Alex.

On se serre dans les bras à s'étouffer. Elle a repris du poids et coupé ses cheveux.

Émilie, sa mère, m'embrasse, un sourire flotte sur son visage. Elle est devenue présidente de l'association *Pour Alex*. Encadrés par une thérapeute, les bénévoles interviennent dans les collèges et les lycées pour parler du mal-être des ados. D'après Jeanne, elle s'investit à fond.

Il fait doux. Le dernier quinze mai était si froid, si glacial. J'ai du mal à croire que trois cent soixante-cinq jours se sont écoulés.

Huit mille sept cent soixante-seize heures.

Cinq cent vingt-cinq mille six cents minutes.

Trente et un millions et cinq cent trente-six mille secondes.

Sans Alex.

Les yeux me piquent, je ne veux pas craquer. Pas aujourd'hui.

Nous passons chez la fleuriste prendre les roses blanches qu'Émilie a réservées. J'aurais préféré des roses rouges, roses, jaunes, pêche ! Mais je ne dis rien.

Nous nous approchons à pas lents du cimetière. Juline et Louise nous attendent près du grand portail ouvert.

Mes vieilles rancœurs s'effacent dès que je les aperçois. Mes amies n'ont pas oublié. Les larmes que je retenais glissent sur mes joues et Juline les essuie aussitôt.

— Ne pleure pas, hein, tu vas me faire chialer aussi.

Les graviers crissent sous nos pas. Ce son résonne dans ma mémoire et je respire fort pour me calmer. Jeanne me serre la main. On se comprend sans se parler.

Alors que nous approchons de la tombe, je distingue quelques silhouettes : ses potes de troisième F, son père et Victor. On se disputait sans arrêt, lui et moi, depuis que j'étais entrée dans la vie d'Alex. À présent, il sanglote sur mon épaule comme un petit garçon malgré son mètre quatre-vingt-dix.

— « *Rrrhééa ! Rrrrhééa !* »

Je me retourne vers cette voix si improbable ici. Partagée entre rire et larmes, je cours comme une dingue vers l'entrée du cimetière. C'est impossible ! Et pourtant, Fred est là, tout beau, tout rasé avec un costume impec, une corbeille de roses écarlates dans une main et une grappe de ballons multicolores dans l'autre. Sur son épaule, Obama s'égosille :

— « *Rhéaaaa tu es làààà !* »

Fred lâche maladroitement quelques ballons :

— Bonjour, miss.

La question me brûle les lèvres :

— Il est venu ?

Pour la première fois, les yeux de Fred brillent un peu trop quand il hoche la tête.

— Il t'attend à l'intérieur de l'église. Un pas à la fois, n'est-ce pas, Rhéa ?

Les amis, Jeanne et les parents d'Alex m'ont rejointe. Obama tend une rose à chacun. Il prend son rôle très au sérieux. J'imagine le nombre d'heures passées à lui apprendre ce mouvement.

Son air imperturbable et sa voix éraillée font naître des sourires.

Moi, je cours vers l'église à la rencontre d'Igor qui, par amitié pour moi, a accepté de venir à la rencontre de tous ces gens. Il est assis sur un banc, vêtu d'un jean et d'une chemise blanche. Il s'est souvenu de mes souhaits : une cérémonie d'anniversaire simple, sans mélo et sans chichis. Quand il se lève, ses mains tremblent autant que la rose pourpre dans mes mains.

— Alors, tu l'aimes, ma surprise ?

# Igor

L'ASCENSEUR JUSQU'AU –2. Le plafond gris et ses néons agressifs. L'enfilade de couloirs. La porte bleue à double battant. La salle de transfert. C'est la onzième fois qu'un infirmier aux blagues pas drôles me conduit au bloc opératoire. Je connais l'itinéraire par cœur, mais je ne m'habitue pas à ce bracelet d'identification en plastique, aux bas de contention, à mon ventre vide et noué, à ma nudité sous cette combinaison trop large ni à mon cœur qui tambourine. Les « et si » assortis de craintes et les « au revoir » inquiets même si « tout ira bien, courage, à tout à l'heure » me sont toujours insupportables.

Au cinquième étage, j'ai laissé tout le monde : ma mère, mon père, Fred et Rhéa. Elle seule est restée à côté de mon lit jusqu'à ce qu'on vienne me chercher.

— La première fois que je t'ai vu, je n'aurais jamais imaginé ça, Igor.

— Je t'en fais faire des trucs, hein ?

— Et c'est loin d'être fini !

Mon amie s'est raclé la gorge, émue à l'idée de tout ce qu'on a partagé et partagera encore, puis elle a pris un cadeau dans son sac. J'ai défait le nœud rouge et sorti un cadre du papier à pois multicolores. Waouh, le portrait de nous deux réalisé par Fred au bois des Machurettes. La première et dernière photo de moi avec mon profil défiguré. Le résultat est plutôt chouette, avec la lumière de cette inoubliable fin d'après-midi et les centaines de jacinthes autour de nous.

— Je l'aime énormément. Je l'ai aussi encadrée pour moi.

— Si seulement je pouvais l'emporter avec moi sur le billard.

— Qu'est-ce qui t'en empêche ?

— Interdiction formelle de l'infirmière.

— On s'en fiche. Glisse-le sous ta chemise de mamie. Si ça peut te porter chance.

— Rhéa, ces mecs posent des implants aussi facilement qu'on joue *Frère Jacques*.

Elle marmonne. Il y a deux jours, elle n'est plus parvenue à cacher son inquiétude. En discuter avec elle a réduit la mienne. Elle m'a posé des tas de questions sur l'anesthésie, la durée de l'intervention, la douleur et j'en passe. Après quelques hochements de tête, elle a déclaré d'un ton grave :

— J'ai besoin d'être là pour suivre… ta transformation.

— Elle ne se fera pas en un claquement de doigts. Le Dr Simonis pense que si mes plaies cicatrisent bien, on m'accrochera ma gueule de *playboy* dans un mois, au mieux.

— C'est ta nouvelle expression ?

— Hé oui ! Obama a déjà appris le mot. Facile pour lui, c'est de l'*english*.

Rhéa a gardé son air soucieux et m'a avoué ce qui la préoccupait tant :

— Je suis la seule à t'avoir connu avec ta « sale gueule ». Tu crois que je te reconnaîtrai ?

— Rhéa, épithèse ou pas, je serai toujours moi.

Je prononce cette phrase avec conviction. Mme Jacquelin aurait payé cher pour l'entendre. Et pour découvrir que, dans mon cahier, les joies sont aujourd'hui plus nombreuses que les peines. Il n'y a d'ailleurs plus qu'une question dans la colonne consacrée aux désavantages de l'épithèse :

EST-CE QUE JE M'AIMERAI AVEC MON PROFIL RÉPARÉ ?

Le Dr Simonis et son collègue le confectionnent depuis plusieurs semaines. Ils l'ont moulé en se fondant sur celui en bon état, histoire que mes traits de travers redeviennent symétriques.

— C'est en silicone totalement bio compatible. Après votre opération, on le fixera grâce à des barres de titane de trois millimètres qui seront introduites dans vos implants osseux. Grâce à ce système, votre épithèse sera décrochable, lavable et modifiable si besoin !

Leur enthousiasme ressemble à celui des comédiens dans les pubs. Ils insistent sur le résultat, magnifique, teinté aux couleurs de ma peau, avec de faux tissus sanguins et deux grains de beauté pour faire plus réaliste. Du sur mesure, du grand art. Une pièce unique. Comme moi.

— Voilà, jeune homme, allons-y.

L'anesthésiste pousse mon brancard et, avec son badge, ouvre la porte de la salle d'opération, où j'entre un peu étourdi par les médicaments avalés tout à l'heure. Quand je ressortirai d'ici, ma nouvelle vie commencera. Ou plutôt se poursuivra, avec un visage qui ne sera pas vraiment le mien. Mais qui le deviendra, pour moi comme pour Rhéa.

Déjà, mes paupières tombent alors que, dans ma tête, tout se mélange. Les encouragements de Mme Jacquelin, le SMS de Soline pour me souhaiter que l'opération se déroule bien, les battements d'ailes d'Obama, mes mains sur le piano, le plat de muffins, le sourire confiant de Fred, le pied de mon père sur la pédale et ces deux secondes sans lesquelles tout serait si différent. Tellement différent.

J'ignore si, bientôt, je m'aimerai davantage. En revanche, ceux qui m'attendent au cinquième étage m'aiment, eux, quoi qu'il en soit. Pour chacun, il y a désormais une place dans mon cœur.

# Rhéa

BARRES DE TITANE. Vis. Implants. Os. Consolidation. Fixation. Sang.

Sang, sang, sang.

J'avais fait semblant d'être rassurée quand Igor m'avait expliqué comment les chirurgiens modèleraient son visage, comme s'il s'agissait d'assembler simplement les pièces d'un robot.

Toute seule dans l'appartement vide la veille au soir, mes idées noires et moi avions longtemps tourné en rond. Ma mère était partie avec Tibère et César pour un long week-end dans un parc d'attractions, dont les tickets étaient offerts par son comité d'entreprise. J'avais refusé de les accompagner, je voulais rester près d'Igor.

Je me souviens d'avoir rageusement griffonné mes angoisses dans mon carnet. Par ordre croissant.

**Foutue épithèse**

1) Je n'arriverai peut-être pas à m'habituer au nouveau visage d'Igor.

*Ben ma vieille, sois pas égoïste. Il le faudra bien, que tu le veuilles ou non.*

2) Igor me repoussera comme il a fait avec Soline.

*Je me battrai, je forcerai sa porte, je ferai la grève de la faim devant sa maison, je kidnapperai Obama, ses partitions de Satie tristes à mourir et ses foutus mangas pour l'obliger à venir les chercher chez moi.*

3) Il y aura des complications post-opératoires, ça ne va pas, il souffrira.

*Je serai là pour lui, je ne le lâcherai pas. Tant pis pour le programme Erasmus à Edimbourg de septembre, Igor sera prioritaire.*

4) Il ne se réveillera pas.

*Ça, c'est inenvisageable. Je ne le supporterai pas. Non. Pas une deuxième fois.*

J'ai eu tellement peur pour lui.

Il avait beau me sourire juste avant de partir au bloc dans sa chemise de nuit ridicule, j'étais terrifiée.

Tout ça est loin à présent : Igor a supporté l'intervention comme un champion malgré la douleur. Ses vis ont parfaitement cicatrisé et il est prêt pour la dernière étape. Celle qui va le transformer à jamais. Celle qui va lui rendre son visage.

J'ai souhaité être présente à la pose de l'épithèse. Alice vient me chercher. Je sens son stress et son impatience malgré ses sourires un peu forcés. Dans la voiture, Igor m'attend, épaules voûtées. Sa peau est marquée de cicatrices rouge vif près des vis en titane. La première fois que j'ai vu sa tête piquée de pointes, ça m'a retourné le cœur. Depuis, je m'y suis habituée.

Vincent démarre prudemment la voiture. Je me tourne vers Igor :

— Laisse-moi te regarder. Te regarder vraiment.

— T'es folle ?

— Je t'ai connu comme ça, c'est presque comme si je perdais un ami…

Un petit point brillant perle au bord de son œil valide.

J'effleure une dernière fois son visage bosselé. Ma gorge est serrée.

Nous entrons dans le département « Chirurgie et reconstruction ». Je n'ai jamais mis les pieds ici. Le Dr Simonis nous accueille, tel que me l'avait décrit Igor dans ses accès de colère. J'ai du mal à retenir un sourire : « Trop parfumé. Trop beau. Trop insupportable avec son côté acteur américain. »

Je lui serre la main le plus sérieusement du monde. Devant son discours plein d'emphase, le fou rire me gagne malgré la gravité du moment. J'évite de regarder Igor.

Le chirurgien agite triomphalement la prothèse hémifaciale sous nos yeux. Je n'ai plus envie de rire en observant cet œil bleu, cette oreille bien découpée, cette joue lisse qui vont rendre sa beauté à Igor. « De la triche, rien que du bluff, encore et encore », grognait-il quand il ne voulait pas en entendre parler.

Moi, j'y vois plutôt un passeport vers une vie plus sereine, loin des regards inquisiteurs, apeurés, moqueurs. On ne peut pas demander aux gens de tout comprendre. D'être bienveillants. On peut juste se donner des solutions pour moins souffrir.

C'est l'heure. Le Dr Simonis nous demande de patienter dans la salle d'attente une trentaine de minutes.

Vincent occupe le temps sur son smartphone, Alice regarde les murs vert pâle sans un mot, et moi j'écris, j'écris, j'écris.

Au bout de cet interminable moment, la porte s'ouvre.

— Igor voudrait d'abord voir Rhéa, annonce le chirurgien.

Les parents d'Igor acquiescent. Mes jambes ont du mal à me porter. C'est pire qu'en montant l'escalier du Conservatoire ce fameux dix mai.

Mon ami se tient face à la fenêtre. Côté bon profil, celui que je connais déjà.

— T'es prête ?

Sa voix tremble. Je respire un grand coup :

— Ton nouveau *toi* te plaît ?

— Oui.

Ce mot flotte un instant dans la pièce comme le plus émouvant des points d'orgue.

— Alors je suis prête.

# Fred

*Annecy, le 28 septembre 2017*

*Ma chère Ava,*

*Je prends enfin le temps de répondre à ta lettre. J'espère que tu vas mieux et que tu as trouvé un médecin compétent pour s'occuper de ton genou. Tiens-moi au courant car ici, j'ai de très bonnes adresses si tu en as besoin.*

*De mon côté, je suis en pleine forme. Depuis mon voyage en Asie, j'ai passé le plus clair de mon temps à calligraphier. Je m'installe sur la petite table que tu connais bien, près de la porte-fenêtre. De là, je travaille en regardant le jardin où les arbres rougissent en ce début d'automne. Tu devrais voir comme l'érable du Japon d'Hua est magnifique. J'ai réalisé un nouveau portrait d'Igor et Rhéa au milieu de ces couleurs chatoyantes. Mes deux jeunes amis vont aussi très bien, merci de t'en inquiéter.*

*À présent, Rhéa parle d'Alex avec sérénité. Elle pense qu'il l'inspire dans ses choix de vie, qu'il la protège comme un ange gardien.*

*L'écriture prend de plus en plus de place dans sa vie. Elle m'a confié un haïku pour toi : notre rencontre l'a profondément marquée. Tu le trouveras dans l'enveloppe.*

*Bien qu'elle ait réussi le duo avec Igor au mois de mai, comme tu le sais, elle a décidé d'arrêter le Conservatoire.*

*Elle a persuadé sa mère de lui offrir une année d'études à l'étranger et elle est partie à Edimbourg début septembre. Obama, Igor et moi attendons les vacances de Noël avec impatience mais, à la fois, c'est beau de la voir prendre son envol. Je sais par Igor qu'ils s'appellent presque tous les soirs : leur extraordinaire complicité me met parfois les larmes aux yeux.*

*D'après ce que j'ai compris, Igor projette un séjour de quelques jours là-bas à la Toussaint. Ce garçon aime bien faire des surprises. Tu ne peux pas imaginer combien cette épithèse l'a transformé. Il reprend contact avec le monde extérieur. Il commence à se trouver beau : je l'ai surpris plus d'une fois à s'observer dans le miroir avec délectation.*

*Il a terminé avec succès ses cours par correspondance et a entamé son année de première en attendant d'intégrer un nouveau lycée en janvier. Il court deux fois par semaine dans le bois des Machurettes avec Joachim, l'un de ses anciens amis qu'il s'est enfin décidé à rappeler.*

*Tu t'en doutes, il poursuit le piano avec une assiduité inébranlable. S'il le veut, il ira très loin. Ses parents sont prêts à le soutenir dans ce projet, malgré les tensions liées à leur divorce tout proche. Igor est affecté, mais les discussions apaisées qu'il a désormais avec chacun d'eux lui permettent de gérer la situation. Figure-toi qu'Alice a ressorti son violon et l'accompagne parfois. Igor espère montrer à son père le résultat de leurs répétitions. Il s'est mis en tête de les réconcilier, d'autant plus que sa relation avec Vincent s'améliore jour après jour. Depuis qu'il le regarde à nouveau en face, tout a changé.*

*J'espère que ces bonnes nouvelles rendront ta convalescence plus légère et je t'envoie le délicieux thé à la cardamome dont je t'avais parlé.*

*Je t'embrasse, prends bien soin de toi, ma chère fée. Tu sais, ce soir-là, tu n'as pas sauvé qu'une seule personne. Tu nous as montré comment balancer nos chagrins au-dessus du muret.*

*Fred*

Pour Ava, de la part de Rhéa.

Désespoir d'encre
Cœur brisé sur un muret
Surgit une fée

Achevé d'imprimer en octobre 2018
sur les presses de la Nouvelle Imprimerie Laballery
58500 Clamecy
Dépôt légal : février 2018
N° d'impression : 810097
N° d'édition : 2018-1209

*Imprimé en France*

La Nouvelle Imprimerie Laballery est titulaire de la marque Imprim'Vert®